그녀와 그녀의 고양이

彼女と彼女の猫

그녀와 그녀의 고양이

신카이 마코토

나가카와 나루키

지음 ─ 문승준 옮김

비채

차
례

1화　언어의 바다 ——— 7

2화　시작의 꽃 ——— 55

3화　선잠과 하늘 ——— 107

4화　세상의 체온 ——— 151

에필로그 ——— 195

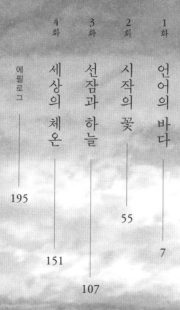

ことばの海

1화

언어의 바다

1

계절은 초봄으로, 그날은 비가 내렸다.

안개 같은 비가 온몸에 내린다. 나는 보도 옆에 누워 있었다.
지나가는 인간들은 날 흘깃 곁눈질할 뿐 잰걸음으로 멀어져갔다.
이윽고 나는 고개를 들 기력도 잃은 채 한쪽 눈으로 잿빛 하늘을
올려다보았다.

적막한 가운데 전철 소리만 멀리서 천둥처럼 울렸다.
고가를 오가는 전철 소리는 규칙적이고 강력했다.
나는 그 소리를 동경했다.
가슴속에서 들리는 미세한 고동이 나를 움직인다면, 그 소리는 얼

마나 큰 걸 움직일 수 있을까.

그건 분명 세상의 심장 소리일 것이다. 강하고, 커다랗고, 완벽한 세상. 하지만 나는 그 일부가 될 수 없다.

가는 빗방울이 소리도 없이 일정한 속도로 떨어져 내린다. 나는 골판지 박스 바닥에 뺨을 바싹 붙인 채 몸이 천천히 상승하는 듯한 착각에 빠졌다.

하늘 저편으로 어디까지고 떠오르는 느낌.

이윽고 뚝 하는 소리와 함께 이 세상에서 잘려나가겠지.

처음에 나를 세상과 이어주었던 건 엄마다.

엄마는 따뜻했고 다정했으며 내가 바라는 모든 걸 주었다.

이제 엄마는 없다.

왜 이렇게 되었는지, 왜 골판지 박스 안에서 비를 맞게 되었는지는 잘 기억나지 않는다.

모든 걸 기억할 수는 없다. 기억하는 건 정말로 소중한 것뿐이다. 내게는 기억하고 싶은 게 하나도 없다.

부드러운 비가 내린다.

텅 빈 나는 천천히, 천천히 회색 하늘로 올라간다.

눈을 감고 내가 세상에서 영원히 잘려나갈 결정적인 순간을 기다렸다.

전철 소리가 커진 듯한 느낌이 들었다.

눈을 뜨니 인간 여성의 얼굴이 있었다. 커다란 비닐우산을 들고 나를 내려다보고 있다.

언제부터 있었을까.

여성이 웅크리고 앉아 무릎에 턱을 괴고는 나를 보았다. 그녀의 이마에 긴 머리카락이 드리웠다. 전철 소리가 우산에 부딪혀서 평소보다 크게 들렸다.

그녀의 머리카락도 내 몸도 비로 흠뻑 젖었다. 주위는 기분 좋은 비 내음으로 가득했다.

나는 힘겹게 고개를 들어 두 눈으로 그녀를 똑바로 보았다.

그녀의 눈동자가 흔들린다. 순간 눈길을 피했다가 무언가 결심한 듯이 똑바로 나를 본다. 우리는 잠시 서로 바라보았다.

지축은 소리도 없이 고요히 회전하고, 그녀와 내 체온은 세상 속에서 조용히 열기를 잃어갔다.

"함께 갈까?"

얼음같이 차가워진 그녀의 손끝이 내 몸에 닿았다. 그녀는 나를 번쩍 들어 올렸다. 위에서 내려다본 골판지 박스는 놀랄 만큼 작았다. 그녀는 재킷과 스웨터 사이에 나를 넣고 감싸 안았다. 그녀의 체온은 믿기지 않을 만큼 따뜻했다.

그녀의 고동이 들렸다. 그녀가 걷자 전철 소리가 우리를 추월했다. 나와 그녀와 세상의 고동이 동시에 움직이기 시작했다.

그날 그녀가 나를 거두었다. 그러므로 나는 그녀의 고양이다.

사회는 거의 모든 게 언어로 이루어져 있다.

사회에 진출한 뒤 그렇게 생각하게 되었다. "이걸 처리해주게"라든가 "누구누구 씨에게 전해주게"라든가. 모호해서 바로 사라져버릴 듯한 언어를 주고받는 것만으로 일이 진척된다. 모두 당연하다는 듯이 해내지만 내게는 대다수가 기적처럼 느껴진다.

나는 서류 작업을 좋아한다. 제대로 형태가 남기 때문이다. 다른 사람들이 귀찮아하는 일을 솔선해서 하는 덕분에 직장에서도 좋은 평가를 받고 있다.

사람보다 서류를 대하는 쪽이 편하다. 말하는 건 불편하다. 금방 이야깃거리가 소진되고 만다. 내 친구들은 다 말을 잘한다. 단기대학3년제 이하 대학 시절부터 친구인 다마키는 재치 넘치는 말을 끊임없이 쏟아내서 항상 크게 웃게 된다.

다마키는 내가 아무것도 느끼지 못하는 풍경에서도 계속 여러 의미를 찾아낸다. 내 눈에 보이지 않는 게 보이는 모양이다. 정말 대단하다.

나는 말이 많은 사람이 좋다.

노부는 내 남자친구다. 한 살 아래인데, 정말 말이 많다. 보험회사 업무에 대한 것, SF 영화나 전자음악에 대한 것, 중국의 옛 전쟁에 대한 것 등 여러 이야기를 해준다.

덕분에 보험 시스템이나 옛 장수 이름을 잘 알게 되었다.

다마키는 자기 밖에 있는 걸 언어로 잘 바꾸고, 노부는 자기 안에 쌓인 걸 언어로 잘 바꾸어서 꺼낸다. 나는 양쪽 다 서툴다.

봄이 되니 집에서 독립했을 때가 생각난다. 이렇게 비 내리는 날에는 특히.

혼자서 부동산을 돌아다닌 끝에 머뭇거리며 도장을 찍고 계약이 성립되었다. 인생 첫 자취생활 시작. 이사하는 날에는 오늘처럼 비가 내렸다. 다마키가 도와주러 왔는데 그때 데려온 남자 후배가 노부였다.

두 사람의 도움으로 짐을 풀고 선반을 조립한 뒤, 근처 식당에서 식사를 했다.

친구와 남자 후배의 도움으로 이사를 하고, 함께 밥을 먹는 상황이 낯설었다. 드라마 속 장면처럼 현실감이 느껴지지 않아서 잘 표현하지 못하자 다마키가 말했다.

"이런 게 학생 시절 추억이지."

노부가 웃었다.

함께 미소를 지으면서 다른 사람들은 이런 일을 이미 오래전에 경험했음을 알았다.

결국 자취를 시작한 정도로는 난 무엇 하나 바뀌지 않았다.

얼마 후 노부가 혼자 집에 찾아왔다.

세탁기에 연결한 수도꼭지가 헐거운지 호스를 연결한 부분에서 물이 계속 샜다. 다마키에게 투덜댔더니 노부를 보낸 것이다.

다마키가 올 거라고 생각했기에 당황했지만, 노부는 마트에서 이런저런 것들을 사오더니 무사히 수리를 끝냈다. 나는 배관 쪽 밸브를 먼저 잠가야 한다는 사실조차 몰랐다.

이런 남자가 쭉 옆에 있어주면 좋을 텐데. 나는 스스로 놀랄 정도로 간단히 노부에게 그 마음을 전했다.

그토록 솔직하게 내 마음을 내보인 건 그때가 처음이었다.

노부는 그날 우리 집에서 묵었다.

언어는 세상을 바꾸는 것이라는 생각이 들었다. 그 사실이 다소 두렵기도 했다.

그 후 거의 매주 우리 집에서 만났지만 노부의 일이 갑자기 바빠지면서 만남이 줄었다.

나는 그를 연인이라고 생각한다.

그는 나를 어떻게 생각하는지 굳이 말하지 않지만 서로 마음이 통한다 믿고 싶다.

초등학교 때 친구끼리 돌려 보던 잡지 속 순정만화는 항상 주인공에게 연인이 생긴 시점에서 끝났다. 연인이 생기면 여자는 행복해진다. 하지만 현실은 거기서 끝나지 않는다는 사실을 알았다.

연인이 있는데 없는 것보다 더 쓸쓸할 때가 있다.

오늘, 세 달 만에 노부와 만났다. 봄비 내리는 길을 나란히 걸었다. 그는 여전히 말이 많고 상냥했다.

그의 언어에 몸을 맡긴 채 돌아다니면 기분이 좋다. 하지만 혼자가 되면 불안감이 밀려온다. 발이 닿지 않는 바다에서 허우적대고 있음을 깨달았을 때처럼.

"우리, 사귀는 거 맞지?"

이 한마디를 도저히 꺼낼 수가 없다. 관계를 끝내는 듯한 대답이 돌아온다면 나는 분명 허우적댈 것이다.

오늘도 진정 묻고 싶은 말 주변을 인공위성처럼 빙빙 돌면서 그의 말에 맞장구를 친다.

꼭 초등학생 같다. 이런 일을 초등학생 때 경험하지 못했기 때문에 이렇게 된 걸지도 모른다.

그는 진정 듣고 싶은 말을 결코 해주지 않는다.

노부의 직장 근처에서 헤어졌다. 다음 만남은 또 한참 뒤가 될 것이다.

　역에 도착해서 평소와는 다른 길로 걸어 집으로 왔다. 빙 돌아가게 되지만 초봄의 차가운 빗속을 걷고 싶었다.

　그곳에서 나는 고양이와 만났다.

2

　그녀의 집에서는 그녀의 냄새가 나서 마음이 차분해진다.

　그녀와 보낸 첫 아침. 이렇게 따뜻한 장소에서 눈을 뜬 적이 없었기에 놀랐다. 그녀는 이미 일어나서 물을 끓이고 있었다.

　주전자 꼭지에서 뿜어져 나오는 증기를 바라보자 그녀가 "안녕"이라고 말했다.

　그녀의 집은 언덕 위에 있는 빌라 2층으로, 창밖으로 고가를 오가는 전철이 보인다.

　나는 비로소 '그 소리'를 울리는 게 저 전철이라는 사실을 알았다.

　감격한 마음을 전하고 싶어서 그녀에게 말하자 "응. 다행이네, 초비"라며 미소 지었다.

　초비?

"네 이름이야, 초비."

그녀가 처음으로 나를 이름으로 부른 순간이었다.

초비. 마음에 들었다. 그녀가 붙여준 이름. 나는 이날 아침 일을 평생 기억하겠다고 결심했다.

나는 바로 그녀가 좋아졌다.

그녀는 아름답고 다정하다. 그녀는 내가 보고 있다는 사실을 알아차리면 부드러운 표정으로 살짝 미소 짓는다.

그녀는 자신이 밥을 먹기 전에 내 식사부터 준비해준다.

우유가 담긴 접시, 캔, 씹는 맛이 있는 바삭바삭한 고양이 사료.

내가 우유를 핥자 그녀는 따뜻한 우유가 든 하얗고 큰 머그컵을 양손으로 쥔 채 옆에 웅크리고 앉았다. 나와 그녀는 나란히 같은 걸 마셨다.

그녀의 움직임은 차분하고 우아해서 옆에 있으니 마음이 편안해졌다.

나는 내어준 식사를 반 정도 먹고(무슨 일이 있을 때를 대비해서 반 정도 남겨두라고 본능이 말했다) 배를 보이며 그녀 옆에 누웠다. 그녀가 천천히 내 배의 털을 쓰다듬었고 나는 만족해서 꼬리를 살랑거렸다.

나는 바닥에 누운 그녀의 배 위로 올라가는 걸 좋아한다. 그녀는 그럴 때 대개 무언가를 읽고 있으며, 잠자코 내 등을 쓰다듬어준다.

그녀가 세탁하는 모습을 보는 걸 좋아한다. 벗어둔 옷에서는 그녀 냄새가 나서 그 안에 들어가면 황홀한 기분이 든다.

그녀가 세탁물을 너는 것도 좋아한다. 나란히 베란다로 나가서 세탁물을 펼치는 그녀와 함께 크게 펼쳐진 푸른 하늘이나 거리를 걷는 사람들이나 차를 바라본다.

내 잠자리에는 그녀의 스웨터가 있어서 그 위에서 잔다. 처음 만났을 때 그녀가 입은 흰 스웨터다.

그녀의 집에 왔을 무렵에는 기억나지 않는 꿈 때문에 한밤중에 울며 눈뜨는 일이 많았다. 그런 때는 그녀가 옆에서 살짝 나를 쓰다듬어주었다.

그녀는 정말 다정하고 따뜻하다.

그녀는 자신의 식사를 직접 만든다.

나는 그녀가 된장국 만드는 걸 좋아한다. 말린 멸치를 받을 수 있기 때문이다. 그녀가 차가운 두부를 먹는 것도 좋아한다. 가다랑어포를 사료 위에 얹어주기 때문이다.

그녀는 요리를 하면서 여러 노래를 흥얼거린다. 그녀의 노랫소리가 나는 정말 좋다.

"초비."

그녀는 항상 나를 그렇게 부른다. 그 이름을 통해서 나는 그녀와 이어지고, 그녀를 통해서 세상과 이어진다.

매일 아침 같은 시각에 일어나서, 같은 순서로 아침을 준비하고, 같은 방송을 본 후, 같은 시각에 일하러 나선다.

자취를 시작한 뒤 나는 규칙적인 생활 속에서 기쁨을 느꼈다. 내가 컨트롤할 수 있는 게 있다는 사실은 마음을 차분하게 해준다.

초비가 우리 집에 온 뒤로도 생활에 큰 변화는 없다. 본가에서 키우던 개는 비 오는 날도 눈 오는 날도 산책하고 싶어서 고생했지만, 고양이는 손이 별로 가지 않는 생물이다.

오늘도 자명종이 울리기 직전에 깨서 자명종을 끈다. 방 안에 초비가 있다는 걸 느낀다. 나는 머리맡에 둔 체온계를 들어 기초 체온을 쟀다. 노부와 사귀고 난 뒤 기초 체온을 재게 되었다. 한번 습관을 들이니 재지 않으면 찜찜한 데다 지금까지 기록해온 게 쓸모없어지는 것 같아 싫었다.

큰 창으로 들어오는 아침 햇살을 맞으면서 아침을 준비한다. 작은 주먹밥을 여러 개 만든다. 남는 건 도시락용이다.

초비와 함께 우유를 마신 뒤 잠옷을 벗고 출근 복장으로 갈아입는다. 내 잠옷과 격투를 벌이는 초비를 보고 있으면 시간 가는 줄 모르겠다.

거울 앞에서 화장하는 그녀의 옆얼굴을 바라보는 걸 좋아한다. 그녀는 익숙한 동작으로 작은 도구를 늘어놓고 순서대로 사용한다. 그녀는 모든 걸 완벽하게 처리한다. 도구를 원래대로 정리하고, 마지막으로 향수를 뿌리면 집 안에 향기가 퍼진다.

그녀의 향수는 비에 젖은 수풀 냄새가 난다.

텔레비전 일기예보에서 오늘 날씨를 알려준다.

그녀는 매일 아침 이 방송이 끝나는 시각에 맞춰 집을 나선다.

나는 아침에 집을 나서는 그녀의 모습을 정말 좋아한다.

긴 머리를 묶고, 머리카락과 같은 색의 재킷을 걸치고, 높은 힐을 신는다.

나는 현관에서 그 모습을 바라본다.

그녀는 웅크려 앉아 내 머리 위에 손을 올리고 "그럼 다녀올게"라고 말한 뒤 등을 곧추세우고 무거운 철문을 연다.

문을 통해 아침 햇살이 들어와서 나는 눈을 가늘게 뜬다.

'다녀와.'

그녀는 기분 좋은 발소리를 내며 빛 속으로 나아간다.

나는 머리 위에 놓였던 손의 여운을 느끼며 멀어지는 발소리를 듣는다.

그녀를 배웅한 뒤에는 의자로 올라가서 베란다 너머 고가를 오가는 전철을 바라본다. 어쩌면 저 안에 그녀가 있을지도 모른다.

마음 내킬 때까지 전철을 바라본 뒤 의자에서 뛰어내린다.

집 안에는 아직 그녀의 향수 냄새가 남아 있다. 나는 그 냄새에 감싸인 채 다시 잠든다.

만원 전철에 흔들리면서 초비를 생각했다.

초비는 잠을 자거나 무언가에 열중할 때는 아무리 불러도 모른 체하면서, 자신이 아쉬울 때는 갑자기 발라당 누워 배를 보인다.

그런 초비를 모른 체하면 우다다 달려와서 다시 내 앞에 누워 배를 보인다. 그게 참을 수 없이 귀엽다.

문득 웃음이 터져서 황급히 표정을 바꿨다. 이 전철은 동료나 학생들도 이용하기 때문에 얼빠진 얼굴을 보이는 건 부끄럽다.

집에 나를 기다려주는 존재가 있어 참 좋다.

전철 출입문 위에 붙은 예식장 광고가 눈에 들어왔다.

결혼으로 얻는 기쁨이 바로 이런 걸지도 모른다. 고양이로 충족되는 행복감.

동급생 중에는 이미 결혼한 친구도 있다. 졸업과 동시에 학생 시절의 연인과 결혼에 골인. 내 본가로 보내온 연하장에는 아이를 품에 안은 그녀와 남편이 있었다.

사귀는 게 맞느냐고도 묻지 못하는데 결혼하자고 말할 수 있을 리가 없다. 아이가 생기면 결혼해주려나.

그 이전에 나는 과연 결혼이 하고 싶은 걸까.

나이 먹은 내가 고양이가 가득한 집에 사는 모습을 상상했다.

차내 방송을 듣고 환승할 역이 가까워졌다는 사실을 알았다.

힘차게 자리에서 일어나 전철에서 내린다.

나는 미술 디자인 계열 직업전문학교에서 사무직으로 일하고 있다. 직장에 도착해서 내 책상 앞에 앉는다. 업무상 서류나 두꺼운 자료가 많다. 동료 책상에서 삐져나온 자료에 밀려 연필꽂이가 쓰러져 있었다. 그걸 지적했다가는 속이 좁다고 여길 것 같아서 싫었다. 애당초 책상이 좁은 게 문제다. 그렇게 자신을 타이르며 컴퓨터 전원을 켰다.

잠에서 깬 나는 크게 기지개를 켰다. 산책을 하기로 했다.

가스스토브인지 무언지를 설치하러 뚫어놓은 구멍을 통해 베란다로 나온다. 밖에 나가고 싶어하는 나를 위해 그녀가 문도 달아주었다.

"더 크면 못 지나다닐지도 몰라. 그건 그때 가서 생각할까."

그녀는 그렇게 말했지만 우리는 그녀가 생각하는 것보다 좁은 곳을 자유롭게 지나다닐 수 있으니 당분간은 문제없다.

오늘은 날씨가 좋다. 기분 좋은 바람이 분다. 베란다 난간 사이로 전철과 도로를 오가는 차와 인간의 흐름을 바라본다. 세상이 움직이고 있는 걸 확인한 뒤, 옆집과 그 옆집 베란다를 지나 외부 계단으로 나왔다.

바깥은 수많은 냄새로 가득 차 있다. 흙냄새, 바람이 날라다주는 다른 생물의 냄새, 어딘가의 부엌 냄새, 배기가스와 쓰레기장 냄새.

지면에 선 나는 고개를 들어 그녀가 사는 집을 올려다본다. 높은 건물에 둘러싸인 2층짜리 빌라. 같은 모양의 창이 늘어서 있지만 그녀의 집만이 특별하게 보인다.

빌라 주위를 한 바퀴 돈다. 고양이는 영역 동물이다. 그녀의 빌라 주변이 내 영역이다. 여기저기 냄새를 맡으며 다른 고양이가 다가오지 않았는지 확인한 뒤 내 냄새를 덧입힌다.

솔직히 영역에 그리 집착하는 편은 아니지만 고양이의 본능이니 어쩔 수 없다.

이걸로 아침 순찰은 끝. 이 주변에 익숙해졌으니 영역을 약간 넓히기로 마음먹었다.

넓히고자 하는 곳은 고가 반대편인 언덕길 위쪽. 그곳에서는 다른 고양이의 냄새가 풍겨오지 않는다.

영역은 넓은 편이 좋다. 그게 우리의 본능이다. 하지만 다른 고양이와 성가신 일이 벌어지는 건 질색이다.

차에 치이거나 다른 인간과 엮이지 않도록 가능한 한 높은 곳이나 좁은 곳을 걷는다. 담벼락이나 수풀 속 같은.

이윽고 정원에 녹색이 가득한 주택에 도착했다.

이 주변에 다른 고양이가 서식하지 않는 이유를 바로 알 수 있었다. 커다란 개가 있기 때문이다.

그 개는 늙었고 귀가 길며 흰색과 검은색 털이 섞여 있었다.

개는 기본적으로 우리 고양이를 환영하지 않는다. 그 자리를 떠나려 하는데 개가 먼저 말을 걸었다.

"오랜만이네, 시로."

너무 얼빠진 목소리라 나는 크게 눈을 깜박였다. 큰 개에게 있을 법한 거만함은 느껴지지 않았다.

"……안녕."

주저하면서 대답했다.

"여전히 미녀로군."

미녀라고? 개는 우리 고양이가 남자인지 여자인지도 구별하지 못하는 모양이다.

"저기, 난 남자인데."

약간 울컥한 목소리로 대답했다. 물론 개가 목줄을 제대로 차고 있는지 확인한 다음이다.

"아, 그래그래."

기분이 나빠진 듯한 기색도 없이 개가 말을 이었다.

"그럼 멋진 남자로군."

마음에도 없는 소리를 한다.

"고마워."

순순히 감사인사를 했다. 왠지 좀 이상한 개다. 호기심이 일었다.

"나는 시로가 아니라 초비라고 해."

개가 눈을 크게 떴다.

"초비라고…… 시로가 아닌 거야? 착각해서 미안하군. 이 주변은 시로의 영역이었으니까."

그 말을 듣고 실망했다. 다른 손님이 있는 건 재미없다.

"하지만 이 근처에 고양이는 없어. 냄새가 안 나는걸."

"그야 그렇겠지. 고양이가 다가오지 못하도록 내가 지키고 있으니까."

개가 묘한 말을 했다.

"개가 고양이의 영역을 지킨다는 이야기는 들어본 적 없어."

"시로하고 약속했거든."

"그럼 그 시로라는 고양이는 어디 갔어?"

"최근에는 좀처럼 보이지 않더군. 마지막으로 봤을 때는 배가 산만했는데."

아. 그 말을 들으니 알 것 같았다.

나를 꼭 닮은 새하얀 고양이.

"그렇다면 아마 우리 엄마일 거야."

속에서 짜내듯이 말했다. 내가 혼자가 된 것도, 언덕 위에 고양이 냄새가 나지 않는 것도 원인은 같다. 이제 시로는 없다.

개가 크게 숨을 들이켜고 "존"이라고 말했다.

"존?"

"내 이름이야. 지금부터 중요한 이야기를 해주지. 네가 아는 편이 좋을 것 같아서."

존이 정색하고 말했다.

"알았어, 존."

"초비, 너는 시로에게 한껏 응석부렸어?"

"기억나지 않아. 그랬기를 바라기는 해."

"그래……."

존이 잠시 말을 멈췄다.

"시로와 나는 연인 같은 사이였어."

존의 이야기는 바로 다른 화제로 넘어갔다.

"연인?"

내가 물었다.

"아름다운 여성은 모두 내 연인이야."

"뭐라고?"

"시로도 너처럼 예쁜 흰 털을 갖고 있었지."

존이 황홀경에 빠진 듯한 목소리로 말했다.

"고마워."

내 털이 예쁜 건 그녀가 예쁘게 단장해주기 때문이다.

"시로는 태어날 너나 네 형제를 많이 걱정했어."

그 말을 듣고 아주 약간 가슴이 뜨거워졌다.

"초비, 앞으로는 네가 이 영역을 지키면 돼."

"괜찮겠어? 내가?"

"시로도 기뻐할 거야. 시로가 이 세상을 살았다는 증거도 되고."

"고마워, 존."

"아름다운 연인을 위해서니까."

존이 크게 하품을 했다.

"언제든지 놀러 와."

이야기는 끝난 모양이다. 존은 앞발을 베개 삼아 잠들어버렸다.

나는 타박타박 언덕을 내려오면서 참으로 신기하다고 생각했다.

세상에서 잘려나갈 뻔했던 나는 그녀에게 구원받아 어떻게든 간신히 살아남을 수 있었다. 그리고 평소와 다른 길을 걷다가 우연히 존과 만나서…… 엄마 이야기를 듣고, 영역을 물려받았다.

세상에서 잘려나갈 뻔했던 내가 다시 이 세상을 물고 늘어지려 한다.

나는 다시 세상으로 돌아왔다.

점심시간. 내 자리에서 도시락을 먹은 후 회사 근처의 작은 카페에 갔다. 여기는 다소 가격이 비싸서 학생들이 오지 않기 때문에 편히 쉴 수 있다.

커피를 주문한 뒤 문득 아직 노부에게 초비에 대한 이야기를 하지 않았음을 깨달았다.

평소에 내 쪽에서 먼저 전화를 거는 일은 좀처럼 없다. 노부가 항상 바쁜 것 같기 때문만은 아니다. 나는 두려웠다. 이야기를 이어가려다가 쓸데없는 말까지 해서 미움받을까 봐.

하지만 초비에 대한 거라면 얼마든지 이야기할 수 있을 것 같다.

노부는 고양이를 좋아할까? 싫어할까?

그런 것조차 알지 못했다. 수많은 이야기를 나누었는데 그런 이야기는 한 번도 하지 않았다.

휴대전화 수신 이력을 검색해서 노부에게 전화를 건다. 마지막 통화가 상당히 오래전이다. 전에는 하루에 몇 번이나 통화를 했는데. 잠시 통화 대기음이 울린 뒤 부재중 전화로 바뀌었다.

"지금은 고객님이 전화를 받을 수 없습니다. 용건이 있으신 분은⋯⋯."

갑자기 우울해졌다. 나는 아무 메시지도 남기지 않은 채 전화를 끊었다.

한숨을 내쉬고 카페 소파에 몸을 파묻었다.

휴대전화가 진동했다. 서둘러 확인해보니 다마키가 보낸 문자메시지였다.

이모티콘을 잔뜩 사용한 경쾌한 느낌의 문장으로, 골든위크 때 놀러가자고 적혀 있었다.

다마키는 추진력이 강하다. '기다릴게'라고 답장한다. 그것만으로는 부족한 듯해서 초비 사진도 보냈다.

웨이터가 커피를 가져왔다. 나는 한 모금 마신 뒤 큰맘 먹고 노부에게 문자메시지를 보내기로 했다. 노부는 문자를 잘 보내지 않는다. 전하고 싶은 게 있으면 말로 하는 사람이다.

"고양이를 주웠어. 초비라고 해."

이리저리 궁리한 끝에 결국 평범한 문장이 되었다. 초비 사진도 첨부했다. 내 사진도 보낼까 하다 그만두었다.

초비 사진은 배를 내보이는 것들뿐이었다.

그녀는 항상 정해진 시각에 돌아온다.

콘크리트 계단을 밟는 힐 소리가 들리면 현관으로 달려가 그녀를 기다린다. 이윽고 무거운 문이 열리고 그녀가 나타난다.

"어서 와."

내가 말한다.

"다녀왔어."

그녀는 신발을 벗으면서 내 머리를 쓰다듬는다. 때로는 그대로 품에 안아주기도 한다. 밖에서 막 돌아온 그녀는 여러 냄새를 두르고 있다.

다른 사람의 냄새, 내가 가본 적 없는 장소의 흙냄새, 모르는 공기의 냄새. 나는 그녀가 가지고 돌아온 다양한 냄새를 기분 좋게 킁킁대며 머리 뒤쪽을 그녀 발목에 비빈다. 흐릿해진 내 냄새를 입히기 위해서다.

오늘은 할 이야기가 많다.

존과 만난 것, 엄마의 영역에 대한 것, 그녀에게서 새로운 냄새가 나는 것.

그녀는 내 이야기를 들으면서 저녁용 캔 사료를 따준 뒤 부엌에 섰다.

사료를 먹으면서 엄마에 대해 이야기하는데 그녀의 휴대전화가 울렸다.

노부일지도 몰라.

나는 불을 끄고 요리용 젓가락을 내려놓은 다음, 휴대전화를 손에 들었다. 화면에 표시된 사람은 아쉽게도 엄마였다.

"여보세요."

초비는 바사삭바사삭 큰 소리를 내면서 골판지 박스에 발톱을 갈고 있다. 전화벨 소리에 놀랐는지 약간 기분이 안 좋아 보인다.

"미유, 목소리가 안 좋네."

노부가 아니라는 실망감이 엄마에게 전달되었을지도 모른다.

"아냐."

"어머나, 남자친구인 줄 알았는데 엄마라서 실망한 거지?"

이런 직구가 날아오면 뭐라고 대답해야 할지 당황하게 된다.

내가 잠자코 있자 엄마가 말을 이었다.

"잠깐만. 대체 남자친구는 언제 생긴 거니. 엄마한테 소개 안 할 거야? 좋은 남자니?"

"그런 거 아니야."

"아무렴 어때. 그나저나 골든위크 때는 어떡할 거니?"

"미안하지만 친구가 올 거야."

"아, 남자친구."

"친구라니까. 대학 동창 다마키!"

"아, 다마키. 아하하! 나는 상관없지만 아빠가 쓸쓸해하니 가끔은 얼굴 좀 보이렴."

"응."

"쌀은 부족하지 않아?"

"충분해."

"어머나, 이미 보냈는데."

보내기 전에 말해주지…….

"뭐 필요한 거 있니?"

"없어."

"아, 그래? 그럼 끊는다."

엄마가 전화를 끊었다. 엄마는 늘 남의 말은 듣지 않는다. 저런 엄마에게서 왜 나 같은 아이가 태어났는지 신기할 정도다. 그래도 기분이 아주 약간은 풀렸다. 엄마에게서 기운을 나누어 받은 듯한 느낌이다.

기세를 몰아 노부에게 짧은 문자메시지를 보냈다.

"골든위크 예정은 어때?"

우동 면을 삶는데 답신이 왔다.

"미안. 일."

단 두 단어. 초비 사진에 대한 반응도 없다.

하아. 한숨이 나온다.

불을 껐다 켰다 한 탓에 우동이 불어버렸다. 봉지에 든 가다랭어포를 반쯤 뿌리고 남은 건 초비의 저녁밥 위에 뿌려주었다.

그 냄새에 초비가 엄청 기뻐했다. 오늘은 파격 서비스다.

휴대전화로 찍은 사진을 정리하자 노부와 둘이 찍은 사진이 나왔다. 일본에서 가장 유명한 테마파크에서 마스코트와 함께 찍은 사진.

사진을 보고 있으니 우울해지기 시작한다.

초비가 무릎 위로 올라와서 책상과 내 몸 사이로 얼굴을 내민다.

"이게 나."

사진 속 나는 있어서는 안 될 곳에 있는 듯한 표정이다.

"그리고 이쪽이 내 연인."

초비에게는 밝히기로 했다. 초비는 신기하다는 듯이 내 사진을 바라보았다.

밤 순찰 시간이 되니 눈이 떠졌다. 그녀는 아직 잠들지 않은 채 작은 불빛 아래에서 휴대전화를 만지작거리고 있다. 그녀가 밤늦게까지 깨어 있는 일은 좀처럼 없다. 잠옷으로 갈아입은 걸 보니 목욕은 한 모양이다.

나는 그녀에게 방해되지 않도록 집 안을 한 바퀴 돌며 이상이 없는지부터 확인했다. 대접의 물을 약간 마신 뒤, 남긴 저녁밥을 마저 다 먹고는 그녀의 무릎 위로 올라갔다.

"역시 관둘래."

그녀는 그렇게 말하며 입력했던 문자를 지웠다.

올려다보니 저녁 때 보여준 사진 속 그녀와 같은 표정이었다. 어딘지 모르게 어색한 미소.

나도 글을 읽을 수 있으면 좋겠다. 그런 생각을 하며 그녀의 스웨터가 깔린 잠자리로 돌아가 잠에 들었다.

3

골든위크 때 다마키가 놀러왔다.

여행을 가자는 이야기도 나왔지만 집에 고양이가 있어서 우리 집
에 묵기로 했다.

내가 요리를 만들고, 캔 맥주로 건배했다. 다마키가 가져온 DVD를
보면서 이런저런 이야기를 잔뜩 나누었다.

초비는 다마키에게도 바로 익숙해져서 다마키가 배를 만지도록
놔두었다.

"바람둥이일세."

다마키가 그렇게 말하며 웃었다.

"역시 친구가 최고지."

내가 이렇게 말했더니 갑자기 다마키가 "남자 따위!"라고 외쳤다.

마음에 둔 남자가 둔감해서 다마키의 마음을 알아주지 않고 있는 모양이다.

그러고 보니 다마키에게는 아직 노부 이야기를 하지 않았다. 정식으로 사귀게 되면 알리려고 했는데, 확증이 없어 질질 끌다가…… 결국 아직 말하지 못했다.

다마키는 우리 집에 단 하루 묵고 갔지만, 나는 한 달 치를 웃었다. 다마키 덕분에 최근 우울하던 기분이 날아가서 약간 힘을 낼 수 있었다.

직업전문학교에 깜짝 놀랄 만큼 그림을 잘 그리는 학생이 있다.

베테랑 강사 이야기로는 매년 한두 명 정도 뻬어난 재능을 가진 아이가 들어온다고 한다. 그 학생은 레이나라고 하는데, 현실에는 없는 색채로 자연을 그려내는 재주가 있었다. 나는 그녀가 제출하는 과제를 늘 고대했다.

과제를 제출하기는 하는데 강사나 다른 학생들의 평판은 좋지 않았다. 수업 태도가 좋지 않은 탓이다.

"미유 씨는 남친 있어?"

레이나는 마치 내 친구 같은 말투로 말을 건다. 동료 말로는 나를 잘 따른다는 증거 같다고 한다.

"노코멘트."

이런 질문에 당황하지 않을 정도로는 이 일에 익숙한 편이다.

"마사토가 미유 씨 좋아하는 거 아닌가? 지난번 과제로 제출한 그림, 미유 씨를 꼭 닮았던데."

레이나가 같은 반 남자아이 이름을 꺼냈다. 이럴 때는 아이 같다.

"알았으니 빨리 과제나 제출해."

"네에."

레이나에게서 받은 데생 과제물은 역시나 훌륭했다.

레이나가 교실로 돌아간 뒤 문득 신경이 쓰여서 마사토의 과제를 체크했다. 그건 나보다 오히려 레이나를 닮은 듯이 보였다.

베테랑 강사 가마타 선생님이 레이나의 과제물을 들고 말했다.

"재능은 키우는 것보다 사라지지 않게 하기가 더 어려워요. 미야자와 겐지의 시에도 있잖아요. 재능과 능력과 자질은 사람에게 머물지 않는다……."

가마타 선생님이 먼 곳을 바라보며 "사람조차 사람에게 머물지 않는다. 그런 겁니다"라고 덧붙였다.

내게는 그 말이 꽤 묵직하게 다가왔다.

여름이 오고 내게도 여자친구가 생겼다.

새끼 고양이 미미다.

미미를 발견한 건 산책 도중. 내 영역에서 돌아다니고 있었다. 나보다 작은 고양이를 보는 건 좀처럼 없는 일이고 쫓아내자니 불쌍해서 그냥 놔두기로 했다. 금세 어딘가로 사라지겠지.

미미는 다음 날부터 내 산책에 따라왔다. 강한 여름 햇살을 피하기 위해 그늘과 그늘을 잇듯이 걷고 있는데 어느 틈엔가 미미가 착 따라붙었다.

나는 엮이기 싫어서 아무 말도 하지 않았다.

존의 집에 다가가자 나무에 매달려 있던 매미가 일제히 울기 시작해서 나는 약간 놀랐다.

"저기, 저거 무슨 소리인지 알아?"

미미가 물었다.

"그냥 곤충 우는 소리잖아."

내가 대답하자 "틀렸어!"라며 미미가 즐거운 듯이 부정했다.

"그럼 뭔데?"

"저건 말이지…… 비를 부르는 소리야."

미미가 비밀을 밝히듯이 말했다.

"거짓말."

"그럼 확인해봐."

나는 미미와 나란히 비를 기다렸는데…….

정말로 비가 내리기 시작했다.

"내가 이겼지? 그럼 소원 들어줘."

"내기를 한 기억은 없는데……."

"뭐 어때. 내가 이겼으니 내일도 함께 놀자."

미미가 몸을 비볐다. 나는 펄쩍 뛰며 미미에게서 몸을 떼었다.

"아, 알았어."

"꼭이야."

다음 날도 나는 미미와 산책을 했고, 매미가 울었고, 비가 내렸다.

별일 아니다. 여름 소나기 같은 건 신기한 일도 아니다. 그다음 날
도 미미는 내가 산책 나오기를 기다렸다.

미미는 어리광쟁이다.

어느 날, 미미는 나를 데리고 오래된 목조 연립으로 향했다.

다른 고양이의 영역 주변을 지나는 건 긴장되는 일이건만 미미는
아무렇지도 않은 듯했다.

낡은 덧문이 열리고 창문에서 젊은 여자가 얼굴을 내밀었다. 화장
기 없는 얼굴에 머리도 짧았다. 내가 좀 거북해하는 타입이었다.

"너, 또 왔니?"

인간이 다가왔다. 나는 서둘러 근처에 세워놓은 차 아래로 숨어들
었지만 미미는 태연했다.

"소개할게. 레이나야."

레이나는 잠깐 기다리라고 한 후 안에서 무언가를 가져왔다. 캔인
데 내가 항상 먹는 것과는 냄새가 전혀 달랐다.

"자, 밥. 사이좋게 먹어."

나는 주저하며 미미가 나누어주는 캔을 먹었다. 그녀 이외의 인간

에게서 밥을 받는 건 처음이었다. 닭 같기도 하고 생선 같기도 한, 먹어본 적 없는 기름진 맛이 났다.

돌아오는 길에 큰 철탑 옆을 지나다가 철탑에 새가 둥지를 튼 걸 발견했다.

"저거 잡아줘."

새를 발견한 미미가 말했다.

"잡아서 어쩔 건데."

배는 이미 빵빵한 상태다.

"그치만 잡고 싶은걸."

미미가 꼬리를 크게 흔들었다. 무척 잡고 싶은 모양이다.

"저렇게 높은 곳은 닿지 않아."

"좀생이."

미미는 어린아이다. 나는 도발을 무시하기로 했다.

"몰라!"

미미는 그렇게 말하고는 돌아갔다. 역시 나는 어른 인간 여자가 좋다.

또 다른 날. 산책 도중 그늘진 콘크리트 위에서 쉬고 있는데 미미가 착 달라붙었다. 미미는 장소 구분 없이 달라붙는다.

"저기, 초비."

"왜? 미미."

미미가 나를 타고 올랐다. 발랑 눕는 나.

"결혼하자."

"미미, 몇 번이나 말하지만 내게는 어른 연인이 있어."

나는 그녀의 모습을 떠올리며 말했다.

"거짓말."

"거짓말 아니야."

나는 미미 밑에 깔린 채 그렇게 대답했다.

"만나게 해줘."

"안 돼."

나는 그녀의 고양이니까.

"왜?"

"저기 미미. 몇 번이나 말하지만…… 이런 이야기는 네가 어른이 된 다음에 해야 하지 않을까."

미미는 작은 새끼 고양이다.

"좀생이."

미미는 짜증이 나는지 꼬리를 붕붕 흔들었다.

"미미에게도 주인이 있잖아? 그런 느낌이야."

"레이나는 주인 아니야. 밥을 줄 뿐."

"그럼 어떤 관계인데?"

"몰라."

그런 쓸데없는 이야기를 계속한다.

뻥 뚫린 듯한 푸른 하늘 저편에 하얗고 커다란 적란운이 우뚝 솟았다.

매미 울음소리는 오늘도 커다랗게 울려 퍼진다. 미미가 침을 묻힌 앞발로 얼굴을 닦는다. 어느 틈엔가 우리는 비가 다가오는 걸 어째서인지 알게 되었다.

"비가 내리기 전에 돌아가야지."

"또 놀러와."

미미가 약간 쓸쓸한 듯이 말한다.

"또 올게."

"꼭이야. 꼭 와야 해. 진짜로 진짜로 와야 해."

이런 대화를 몇 번이고 반복한 탓에 내가 돌아가려 할 무렵에는 이미 비가 내리기 시작했다.

미미는 조신한 표정으로 날 배웅했지만 이윽고 어딘가로 훌쩍 사라져버렸다. 아마도 그 목조 연립으로 갔을 것이다.

그렇게 넓던 하늘이 낮고 어두운 구름으로 뒤덮여간다.

나는 비에 쫓기며 나의 그녀가 미미처럼 어리광쟁이라면 좋겠다는 생각을 했다.

이번 여름휴가 때 나는 친구를 잃었다.

전조는 있었다……고 생각한다. 불안감에 휩싸여 해야 할 말을 하지 않은 탓에 이렇게 되고 말았다. 자업자득이다.

나는 확인하는 게 두려웠을 뿐이다.

그날은 아침부터 초비도 상태가 이상했다. 내 기분이 전염되었을지 모른다. 초비는 의미 없이 집 안을 이리저리 돌아다녔다.

다마키가 집에 왔다. 휴가 전에 한 약속이었다. 늘 그랬듯 별거 아닌 대화를 나누다가 화제가 끊겼을 때 다마키가 불쑥 말했다.

"나, 노부를 좋아했는데."

숨을 삼켰다.

처음에 그 사실부터 확인해야 했다.

"알고 있었지? 모를 리가 없지."

다마키에게서 노부를 좋아한다는 이야기는 들은 적 없었다.

'말하지 않으면 몰라' 하며 다마키를 책망하고 싶은 마음과 '그쯤은 분위기로 파악했어야지' 하며 자신을 책망하는 마음이 동시에 들었다.

또 이 꼴이다. 나는 항상 보통 사람이라면 다 아는 사실인데, 말의 이면에 있는 의미를 모른 채 언어의 바다 위에서 표류하고 있다.

다마키가 노부를 좋아한다는 사실을 알았다면 일이 이렇게 되지는 않았을 것이다.

그런 마음을 전하고 싶었지만 말로 제대로 표현하지 못한 채 "노부와는 요즘 잘 안 풀려서"라고만 말했다.

다마키가 무서운 눈으로 나를 쏘아보았다. 그런 표정의 다마키를 본 건 처음이었다.

내가 잠자코 있자 초비가 배를 보이는 걸 그만두고 불안한 듯이 나를 올려다보았다. 팔에 초비의 차가운 발바닥이 느껴진다.

다마키가 내게 빌려주었던 물건을 챙겨서 집에서 나갔다. 그중에는 다마키에게 빌렸지만 한 번도 사용하지 않은 커다란 믹서가 있었다. 결혼식 뒤풀이 때 빙고 게임에서 추첨으로 받았다며 다마키가 가져온 것이다.

커다란 상자를 안고 떠나는 그녀를 보며 친구를 잃었음을 알았다.

매일 전화를 건 끝에 연결된 건 삼 일 후였다.

"우리, 사귀는 건가?"

겨우 말을 꺼냈다. 긴장한 탓인지 목소리가 갈라졌지만 줄곧 묻고 싶었던 걸 물었다. 이 한마디를 꺼내는 데 정말 시간이 많이 걸렸다.

"사귀는 거 아니야?"

노부는 되물었다. 처음으로, 영악한 사람이라고 생각했다.

"이제 그만하자."

나는 노부에게 그렇게 밝혔다.

"다른 남자라도 생겼어?"

노부가 평소와 다름없는 어투로 말했다.

"그런 거 아니야."

"그렇다면……."

노부는 평소처럼 조용하고 부드러운 어투로 말하기 시작했다. 이제 와서 왠지 그의 말이 전부 가볍게 느껴져서 믿음이 가지 않았다. 풍부하게만 보였던 그의 언어의 바다도 대단할 게 없었다.

"그런 말은 듣고 싶지 않아."

생각보다 말이 먼저 튀어나와서 '아, 그랬던 거구나' 하는 생각이 들었다. 그 후에는 끊임없이 말이 쏟아져 나왔다. 지금까지의 공백을 채우려는 듯이.

사실은 다마키의 마음을 알고 있었을지도 모른다. 하지만 알고 싶지 않았던 것이다.

그래서 노부에게 확인하지 못했다. 우리가 사귀는 사이인지 아닌지. 한쪽으로 정해지면 다마키를 배신하게 되는 거니까.

괴로웠다. 하지만 노부는 이런 관계가 편했던 거겠지.

"이렇게 말을 많이 할 수 있는 사람인지 몰랐어."

그게 노부의 마지막 말이었다.

나는 친구와 연인을 잃었다.

벌써 한밤중이었다. 밤비가 베란다 콘크리트를 두드리는 소리가 들렸다.

기나긴 통화 끝에 그녀가 울음을 터뜨렸다.

나는 이유를 알 수 없었다. 이런 그녀를 보는 건 처음이었다.

그녀는 무릎 사이에 얼굴을 파묻고 오랫동안 울었다.

나쁜 건 그녀가 아닐 것이다.

나는 항상 보았다.

그녀는 늘 누구보다도 상냥하고, 누구보다도 예쁘고, 누구보다도 열심히 살고 있다.

"저기, 초비."

그녀가 눈물도 닦지 않은 채 말했다.

그녀는 넘어진 의자 옆에 웅크리고 앉았다. 손에 쥔 휴대전화에서는 끊어진 전화의 단조로운 잡음이 들렸다.

"초비, 거기 있지?"

그녀의 손이 내 몸에 닿았다. 그녀의 슬픔이 전해져 나도 아팠다.

커튼 사이로 들어온 가로등의 차가운 빛이 우리를 비춘다.

그녀의 목소리가 들린다.

"누가, 누가 좀."

나는 그녀가 소중한 사람과의 연결고리를 잃었음을 알았다.

"누가 좀 나를 구해줘."

그녀는 언제까지고 울었다.

우리를 실은 이 세상이 끝없는 암흑 속에서 계속 돈다.

머지않아 여름이 끝난다.

끼기끼기 하는 소리로 재미있게 우는 매미가 나타났다. 나와 미미는 그 소리를 흉내 내보려 했지만 쉽지 않았다.

'냐냐냐냐'라든가 '샤샤샤샤'가 되고 만다.

그녀는 그날 이후로 기운이 없다. 긴 머리도 싹둑 잘랐다.

짧아진 머리를 밝은색으로 염색한 그녀는 정말 예쁘다.

표정도 밝아지면 좋을 텐데.

점심 때 그녀가 외출한 사이에 존을 만나러 갔다.

이 무렵에는 존과 꽤 친해져서 존이 이런저런 이야기를 해주었다.

존은 내가 모르는 사실을 잔뜩 알고 있어서 그의 이야기는 정말 도움이 된다.

처음에는 내 말을 전혀 듣지 않는다고 생각했는데 귀가 멀어서 그런다는 걸 안 이후로는 잘 대응할 수 있게 되었다.

"존, 놀러왔어."

"오, 초비. 오늘도 멋지구나."

존은 같은 개집 속에서 늘 그랬듯 교차한 앞발 위에 고개를 올린 채 누워 있었다. 마치 인형처럼.

"그녀의 빈 마음을 메워주고 싶어."

"초비, 전에도 말했지만 그건 거의 불가능해."

존이 슬픈 표정을 지었다.

"너도 그녀도 기억하지 못하잖아?"

"기억 못 하다니, 뭐를?"

"나는 생명 창조의 순간을 기억해. 그래서 쓸쓸하지 않아."

"생명 창조?"

"그러니까…… 동물에는 왜 남자와 여자가 있다고 생각해? 생각해본 적 있어?"

남자와 여자가 있는 게 당연하니까 이유를 생각해본 적도 없었다. 그렇다고 솔직하게 말하자 존이 넋을 잃은 듯이 한숨을 쉬었다.

"남자와 여자로 나뉘기 이전은 고독이란 게 없는 행복한 시대였어."

"그럼 지금은 행복하지 않은 시대야?"

"그렇지는 않아."

존은 무엇에 홀린 듯한 표정으로 이야기하기 시작했다.

"생명은 살아남기 위해서 두 개의 성별로 나뉘었지."

"살아남기 위해서?"

"성별이 나뉘기 전의 생명보다 나뉜 후의 생명이 더 강해."

"그런 것 같지 않은데."

나는 울던 그녀를 떠올렸다. 강하다는 생각은 들지 않는다.

"사랑하는 힘, 다른 사람을 필요로 하는 힘이라고 해도 좋을 테지.

쓸쓸함과 맞바꾸어 얻은 이 힘이 종을 강하게 만들어."

존이 하는 말을 다 알아들은 건 아니지만 그녀의 고독감이나 슬픔이 쓸모없는 게 아니면 좋겠다고 생각했다.

"나는 고독이 없던 행복한 시대를 기억해. 모든 게 하나였던 시대야. 우리 세상은 처음에는 단순했고, 조금씩 복잡해지다 지금의 세상이 생겼어. 그거 알아? 세상을 구성하는 원소가 처음에는 정말 몇 종류밖에 없었다는 거. 아득해질 정도로 많은 시간을 들여서 별이 태어나고 죽고, 그때 수축된 별 속에서 다양한 원소가 만들어졌지. 그때 생긴 분자가 지금까지도 우리의 핏속을 흐르고 있어. 세포 속의 유전자도, 이 땅도, 초비가 좋아하는 전철도 말이지. 나는 그 사실을 기억해."

"내 안에도 별에서 생겨난 게 들어 있어?"

"그래, 네 안에도 네 주인 안에도. 그걸 기억 못 하기 때문에 너희는 그렇게 마음이 외로운 거야."

존의 이야기를 들은 날 밤, 나는 밤하늘을 바라보았다.

존이 한 말이 사실이라면 처음에 우리는 모두 하나였다.

그녀가 다가와서 옆에 웅크리고 앉았다.

존의 말로는 별빛 하나하나가 태양과 같다고 한다. 그런 걸 생각하니 머리가 어질어질해져서 세세한 건 아무래도 상관없게 되었다.

이걸 그녀에게 전할 수 있다면 좋을 텐데.

우리는 나란히 앉아 물끄러미 별을 바라보았다.

멀리서 고가를 오가는 전철 소리가 들려온다. 세상을 움직이는 소리. 이 별은 우리를 실은 채 계속 돌아간다.

4

계절이 바뀌어 지금은 겨울이다.

눈이 내리는 풍경은 처음 보지만 먼 옛날부터 알고 있었던 듯한 느낌이 든다.

숨을 내뱉자 창문이 흐려져서 보이지 않게 되었다.

흐린 부분에 도로에 놓인 자동판매기 빛이 스며서 정말 예쁘다.

신호등에도 우체통에도 새하얀 눈이 쌓여 모든 게 다시 태어난 듯했다.

겨울은 아침이 늦게 오기 때문에 그녀가 집을 나설 때가 되어도 밖은 아직 어둡다.

머리카락을 짧게 자른 그녀의 머리는 뒤에서 보면 고양이처럼 등

글다. 두꺼운 코트를 두르면 한층 더 고양이 같아진다.

"다녀올게."

그녀는 평소처럼 내 머리에 손을 올리고 인사한 뒤 무거운 철문을 연다. 차가운 공기와 함께 눈 냄새가 불어 들어온다.

그녀는 무거운 부츠를 신고 밖으로 걸어 나간다.

커다란 소리를 내며 문이 닫히고, 그녀는 열쇠로 문을 잠근 뒤 계단을 내려간다.

차가운 손끝에 하얀 입김을 부는 그녀의 모습이 눈에 보이는 듯했다.

눈을 밟으며 걷는 그녀의 머리 위 아득한 하늘에는 눈구름이 흘러가고, 천천히 그녀 위로 눈 조각이 내리고 있으리라.

나는 나와 그녀의 집에서 그녀의 귀가를 기다린다.

나는 어느 틈엔가 테이블 위로 단숨에 뛰어올라갈 수 있게 되었다. 테이블 위에는 그녀가 잡지에서 자른 크리스마스 리스 그림이 장식되어 있다.

창밖으로 눈을 돌린다. 흰 눈이 내려 쌓인 거리와 새카만 거인 같은 철탑이 보인다.

눈은 모든 소리를 삼켜버린다.

하지만 그녀를 태운 전철 소리만은 쫑긋 솟은 내 귀에 들린다.

세상을 움직이는 심장 소리.

많은 것들이 변해가는 가운데 변하지 않는 그 고동을 나는 바람직한 것으로 받아들였다.

나는 그녀의 문제를 어떻게 해줄 수 없다.

그저 옆에 있으면서 나의 시간을 살아갈 뿐이다.

시작의 꽃

はじまりの花

2화

1

그건 여름날의 길었던 오후의 일로, 주위에는 녹나무 향기가 자욱했다.

커다랗게 자란 녹나무 아래 볕이 잘 들지 않는 집. 그녀는 송진 냄새가 나는 기름을 써서 물감을 녹였다. 하얀 천을 두른 캔버스 앞에 앉아 깊게 숨을 들이마신 뒤 눈을 감는다.

조용한 주택가지만 이 낡은 연립은 낮에도 시끄럽다.

주민들이 마음껏 연주하는 악기 소리, 라디오에서 흘러나오는 스포츠 중계 소리, 낡은 철 계단이 삐걱대는 소리. 게다가 이상한 냄새까지 나서 다른 고양이라면 절대로 다가오려 하지 않는다.

우리 고양이는 지독하거나 특이한 냄새를 싫어하고, 시끄러운 곳도 정말 싫어한다.

그래서 안심했다. 여기라면 분명 나를 괴롭히는 고양이는 없을 것이다.

더구나 나는 귀가 안 좋아서 이 정도 시끄러운 건 아무렇지 않다.

연립 주위는 정원이지만 전혀 손질되어 있지 않다. 그곳에 비죽솟은 커다란 녹나무 가지에 올라 그녀를 바라보았다.

그녀는 흰 천을 마주한 채 움직이지 않는다.

나는 초여름에 태어났기에 아직 인간이 무슨 일을 하는지는 잘모른다. 하지만 하얀 천을 줄곧 바라보는 건 일반적인 일은 아니라고 생각한다.

이윽고 그녀가 움직였다.

주저 없이 천 한복판에 검고 두꺼운 선을 긋는다.

저리는 듯한 감각이 온몸을 내달린다.

그 움직임이 너무나 강렬해서 내 꼬리가 쫑긋 솟아버렸다.

그녀는 굉장하다. 왜소하고 키도 작고 머리색도 뭔가 이상하지만, 굉장하다.

그녀는 해가 저물어 가로등이 켜질 때까지 하얀 천에 계속 물감을 덧칠한다. 순백의 천 위에 본 적 없는 풍경이 생겨난다.

불현듯 그녀가 나를 보았다.

시선이 너무 날카로워서 화살에 관통당하기라도 한 듯 꼼짝할 수없었다.

"미미."

그녀는 나를 미미라고 불렀다.

지금까지 인간에게는 "저리 가"라든가 "도둑"이라든가 "길고양이"라는 말밖에 들어본 적이 없었다.

그녀는 나를 쫓아내려 하지 않고 밥을 주었다. 캔에 든 기름에 절인 물고기는 정말 맛있었고, 무엇보다 이름을 받은 게 기뻤다.

그래서 나는 내 이름을 미미라고 하기로 했다.

초등학교 때 기르던 고양이와 꼭 닮았다.

작은 미미. 새하얗고 어리광이 많던 고양이. 내가 학교에서 돌아오는 걸 언제나 2층 창가에서 기다려주었다. 책상에 흰 도화지를 펼치고 그림을 그리면 놀아달라며 도화지 위로 올라왔다. 물감이 아직 마르지 않은 데서 뒹굴어서 흰 털을 컬러풀하게 물들이기도 했다.

밥 먹을 때는 찬장 위에서 '냐아냐아' 하면서 가족 대화에 끼려는 게 귀여웠다.

그러고 보니 미미가 있을 때는 아빠도 엄마도 함께 살았다. 함께 아침을 먹었다. 학교에서 있던 일을 이야기하고, 그 이야기를 아빠와 엄마가 들어주었다. 즐거운 일에는 함께 웃어주었고, 괴로운 일에는 함께 화를 내주었다.

언제부터인가 각자 식사를 하더니 대화도 거의 사라졌다.

현재 아빠와 엄마는 각기 다른 곳에서 각자의 연인과 산다.

나는 고등학교 졸업 후 집에서 나와 자취하기로 했다. 아빠도 엄마도 반대했지만, 두 분 다 맘대로 살고 있으니 나도 내 뜻대로 살고 싶었다.

내가 사는 연립은 낡고 더럽지만, 월세는 공짜. 정확하게는 '성공하면 갚아' 같은 느낌이다. 외할머니가 연립 주인인 덕이다. 그림을 그리면 금세 더러워질 테니 더러운 쪽이 오히려 편하다.

나는 미술계 직업전문학교에 다닌다. 고등학교 삼 학년 봄부터 미대 입시 준비를 위해 다녔지만 대학에 떨어져서 지금은 재수중. 이제 입시 따위는 아무래도 상관없고, 올해는 취직이라도 할 생각이다.

미대는 공부보다 그림 그리는 게 더 좋다고 생각하는 녀석이 가장 먼저 진로로 생각하는 곳이라 경쟁률이 상당히 높다. 그리고 미대 입시는 뽑기 위한 시험이 아니라 떨어뜨리기 위한 시험이므로 돌파하기 위한 기술이 필요하다. 나는 그걸 알아차리는 게 늦었다.

수험 공부는 하고 싶지 않지만 그림에는 자신 있다고 착각하는 녀석들 때문에 나처럼 진짜 재능 있는 학생이 손해를 본다.

나는 내 그림 실력이 뛰어나다는 사실을 안다.

그런데 미대 출신에 예술가가 되지 못한 강사들은 내 그림을 좀처럼 칭찬하지 않는다. 빤한 반복 연습만 시킬 뿐이다.

미미를 꼭 닮은 흰 고양이도 내 그림에 빠져 있다.

고양이조차 아는 사실을 그들은 왜 모를까.

단언컨대 주위에 나보다 잘 그리는 녀석은 없다.

나는 뛰어난 재능을 갖고 태어났기 때문에 다소의 불행은 기꺼이 받아들일 생각이다.

키가 작다든가, 머리를 물들이는 데 실패했다든가, 입시에 실패했다든가.

행복과 불행은 어떻게 받아들이느냐에 달렸다고 생각한다. 부모님의 별거와 쌍방 불륜 같은 건 불행이지만, 경제적으로는 혜택받은 편이고 집세도 공짜다.

입시에 실패한 건 불행이지만, 덕분에 하고 싶은 일을 찾았다고 생각하면 잘된 일이다.

나는 그림으로 먹고살 생각이다.

손을 움직이면 여러 생각이 떠올랐다 사라지고, 그러는 사이 몰입하여 점차 그림밖에 보이지 않게 된다. 흰 고양이라는 관중이 있는 덕일지도 모른다. 오늘은 붓이 술술 움직인다.

답례라고 하기는 그렇지만, 저녁밥으로 참치 캔을 따주었다. 열심히 먹는 모습을 보니 미미가 생각난다. 미미도 참치 캔을 좋아했다.

순간 '기를까' 하는 생각이 들었다.

연립에 반려동물 금지라는 규칙은 없지만 무언가 기르는 주민도 없다. 여기 주민은 스스로 이런 생활을 선택했거나 가난하거나 둘

중 하나다. 성실하게 동물을 기를 수 있는 타입의 사람은 없다.

　게다가 그림도구를 사려면 돈이 든다. 안 그래도 항상 돈이 부족한데 고양이를 기를 여유 같은 건 없다.

　그녀의 이름은 레이나. 그녀가 그렇게 말해서 알게 되었다.

　고양이에게 이름을 밝히는 인간은 그녀 이외에는 만난 적 없다.

　그녀에게서는 항상 이상한 냄새가 났다. 알코올 냄새, 물감 냄새, 향수 냄새, 다른 나라의 향신료 냄새. 그녀가 피우지 않는 담배 냄새가 날 때도 있었다.

　그녀는 변덕쟁이라서 내게 먹이를 주는 날도 있고 주지 않는 날도 있었다.

　집중해서 그림을 그리는 날에는 대개 주지 않는다. 그럴 때는 어쩔 수 없으니 연립의 다른 주민에게 가거나 어딘가 다른 곳에서 먹이를 얻는다. 연립 뒤쪽은 관리하지 않는 화단인데, 물 뿌리는 데 쓰는 수도꼭지가 있어서 언제나 깨끗한 물을 마실 수 있다.

　그녀는 대개 그때그때 자신이 먹고 있는 걸 주었다. 맛있는 것도, 두 번 다시 먹고 싶지 않은 것도 있었다. 기분이 좋을 때는 일부러 고양이용 캔 사료를 따주기도 했다.

　밥은 받지만 나는 그녀가 기르는 고양이가 아니다.

"미안하지만 기를 수 없어."

그녀는 처음에 만났을 때 내게 그렇게 말했다.

"고양이는 죽으니까."

나도 그렇다고 생각한다. 고양이는 금방 죽는다.

내 털은 새하얗고, 몸집은 형제 중에서 가장 작고, 귀도 좀 안 좋다. 그래서 몇 번이나 차에 치일 뻔했고 다른 고양이가 다가오는 걸 늦게 알아차려서 무서운 일을 당하기도 했다.

"하지만 고양이는 죽는 게 일이니까."

그녀는 그렇게 말하고 웃었다.

미미라는 건 그녀가 잃은 고양이 이름일지도 모른다. 그렇다면 나는 미미 2세다.

레이나는 자기가 제멋대로인 인간이라고 말했다.

"그러니까 내 멋대로 먹이를 줄게."

그녀는 정말 제멋대로다. 그늘져 시원한 콘크리트에서 낮잠을 자는데 내 목덜미를 붙잡아 대야에서 씻긴 적도 있었다.

"너, 완전 새하얗구나. 미인이야."

죽을 뻔했지만 그녀의 "미인이야"라는 한마디에 기분이 풀렸다. 그녀에게 칭찬받는 게 좋았기 때문이다.

나는 그녀가 좋다.

레이나는 정말로 강한 존재니까.

2

소나기가 만든 커다란 물웅덩이가 푸른 하늘을 비춘다.

직업전문학교에서 돌아오는 길. 저녁을 어떻게 할까 고민하면서 걷고 있는데 뒤에서 남자 목소리가 들렸다. 같은 그림 수업을 듣는 마사토다.

"나한테 무슨 볼일이라도?"

일부러 걸음을 멈추고 물었다.

"여름방학 때 반 애들이랑 수영장 갈 건데, 괜찮으면……."

이 녀석은 항상 쭈뼛대며 중얼거리듯 말한다. 패기가 없다.

"안 가."

나는 바로 거절하고 걸음을 뗐다.

"아, 역시……."

마사토는 유감스럽다는 듯이 그렇게 말하고는 대각선 뒤쪽에서 쭈뼛대며 따라왔다.

"뭐, 그건 상관없다고 치고."

'상관없는 거야?'

"회화반 그만둔다면서?"

나는 고개를 끄덕였다.

"취직하려고."

부모님에게도 말하지 않았지만 이미 결심했다.

"그렇구나."

마사토가 얼빠진 목소리를 냈다.

"입시반은 회화 말고 디자인 같은 것도 있는데."

"그런 거 아니야."

나는 짜증이 나기 시작했다.

"그럼 왜?"

"그림은 그리고 싶지만 입시를 위해 그린다는 게 한심하게 느껴져서."

진심이었다.

"그렇기도 하겠네. 나도 그렇게 생각해."

마사토가 순순히 수긍하는 바람에 약간 맥이 빠졌다.

"하지만 너라면 분명히 합격할 거야."

"아, 그, 그래."

그 말은 약간 기뻐서 무뚝뚝한 표정을 유지하느라 힘들었다.

"그런데 수영장이 파도 풀인데……."

수영장 이야기가 아직 끝나지 않은 모양이다.

"난 됐으니 그림이나 그려."

어째서인지 화가 치밀어 올랐다.

"그림도 엉망인 주제에 놀 생각으로 들떠 있을 때가 아닐 텐데?"

"선생님도 말씀하셨잖아. 인생 경험이 중요하다고."

기분이 나빠진 기색도 없이 마사토가 말했다.

"물놀이가 인생 경험이 될 리 없잖아."

"인생을 뒤흔드는 엄청난 연애가 시작될지도 모르는 거고."

"한심하기는."

반 친구들끼리 사귄다느니 헤어졌다느니 하는 이야기는 자주 듣는다.

당사자는 특별한 일이라고 생각할지도 모르지만 옆에서 보면 다른 사람의 연애 같은 건 우스울 뿐이다.

"굳건하네."

마사토가 쓴웃음을 지었다.

"가을 예술제 때 출품할 거지?"

예술제의 공모전에는 연령 제한이 있어서 순수 예술을 지망하는 청년의 등용문이다. 시기적으로는 슬슬 그리기 시작해야 한다.

"그럴 생각이긴 한데."

"잘 해봐."

"너도."

그렇게 말하니 마사토가 눈을 동그랗게 떴다. 이 녀석, 본인은 출품할 생각이 없었나.

마침 역에 도착해서 우리는 헤어졌다.

나는 버려진 고양이다.

새끼일 때는 부모에게도 주인 부부에게도 예쁨받았다. 형제는 다섯 마리. 많은 사람들이 우리 형제를 보러 와서 엄마가 신경을 곤두세웠지만, 나는 인간에게 예쁨받는 걸 좋아했다.

하지만 그런 나날은 오래가지 않았다. 형제들은 어딘가로 분양되었는데 나는 인수자가 나타나지 않아 간단히 버려졌다. 가장 작고, 모유를 자주 토했고, 귀도 안 좋아서 애교 없는 고양이라고 여겨졌기 때문일 것이다. 나는 가장 약한 고양이였다.

나는 레이나 앞에서는 강한 고양이이고 싶다.

그러니까 레이나의 집에 자리를 틀거나 하지는 않는다. 녹나무 위에서 잔다. 녹나무는 내가 싫어하는 벌레도 고양이도 다가오지 않아 쾌적하다.

밥도 받기만 할 게 아니라 사냥하고 싶다. 그렇게 하면 더욱 강해질 수 있다. 레이나에게도 보여주고 싶다.

레이나는 다른 곳에도 자기 영역이 있는 것 같았다. 어딘가로 갔다가 저녁 때 돌아온다. 점심 넘어서 집에 있을 때도 있고, 이른 아침부터 저녁까지 나가 있을 때도 있다. 돌아오지 않는 날도 있다. 그런 날은 가슴이 덜컹 내려앉는다.

레이나가 집에 없는 날이 얼마간 계속되었을 때, 걱정되어서 찾아나섰다가 초비를 만났다.

초비는 나와 마찬가지로 새하얗고 예쁜 털을 갖고 있었다. 한눈에 반했다. 수컷은 바로 나를 덮치려 해서 무서운데, 초비는 다른 수컷과는 달랐다.

나를 보고도 "여어" 하고 태연한 목소리로 인사할 뿐이었다.

"여기, 네 영역이야?"

"뭐, 그래."

심장이 덜컹 내려앉았다. 모르는 틈에 다른 고양이의 영역에 발을 들이고 말았다.

"그럼 나를 쫓아낼 거야?"

"새끼 고양이한테 그런 짓 안 해."

"신사구나."

왠지 특이한 고양이다.

"나는 초비."

그 고양이는 그렇게 자기소개를 했다.

"……나는 미미."

나는 천천히 초비의 냄새를 맡을 수 있는 위치까지 접근했다. 서로 냄새를 맡는다.

초비에게서는 인간 냄새가 났다.

"너는 집고양이야?"

"응. 나는 그녀의 고양이야."

"그녀?"

"이름은 몰라. 흥미도 없어. 하지만 내 연인이야."

"이상해."

"이상한가?"

"이름도 모르는데 연인이라니 이상해."

약간 질투심이 생겨 그렇게 말해보았다.

"이름은 이름일 뿐이야. 고양이에게 '개'라는 이름이 붙어 있어도 고양이잖아?"

그런 이야기는 처음이라 왠지 신기했다. 더 이야기하고 싶다고 생각한 순간 레이나를 발견했다. 커다란 흰 봉투 속에 둥근 물체가 보인다. ……캔 사료. 특식이다.

"또 만날 수 있어?"

"아마도."

"아마도는 싫어. 꼭 만나."

캔 사료도 먹고 싶지만 초비도 만나고 싶었다.

"그럼 만나자."

"약속이야. 꼭이야, 꼭."

약속을 하고 초비와 헤어졌다.

레이나에게 달려가서 야옹 울자 레이나가 미소 지었다.

"미미, 이 냄새를 맡은 거니?"

나는 기뻐서 머리 뒤쪽을 레이나에게 비볐다.

초비도 그녀에게 이렇게 하고 있을까 하는 생각이 들자 갑자기 가슴이 아렸다.

그 후 우리는 거의 매일 만났고 때로는 레이나가 준 밥을 같이 먹기도 했다.

초비는 사냥이 서툴렀다. 원래라면 정이 떨어져도 이상하지 않을 만큼 서툴렀다. 하지만 내 부모도 서툴렀을뿐더러 사냥이 서툰 점이 왠지 귀엽게 느껴졌다. 초비에게 사냥을 배우고 싶었지만 어쩔 수 없다. 언젠가 내 힘으로 잡은 사냥물을 레이나에게 가지고 갈 수 있으면 좋겠다. 언젠가 레이나에게 캔 사료의 보답을 하고 싶다.

푹푹 찌는 여름 더위 속에서 그림을 그리고 있으면 호스로 머리에 찬물을 뿌리고 싶어진다. 창틀에 끼워 넣은 창문형 에어컨이 시끄러운 소리를 내며 돌아가지만 조금도 시원해지지 않는다.

녀석들은 지금쯤 수영장에 갔을까…….

고개를 힘껏 저어 '갈 걸 그랬나' 하는 생각을 떨쳐낸다.

나는 그림에 인생을 바칠 것이다.

창밖에서 익숙한 발소리가 들려왔다. 미미다. 오늘은 손님을 데려왔다.

손님은 미미를 꼭 닮은 흰 고양이로, 목걸이를 했다.

'집고양이면 밥은 주인에게 달라고 해…….'

그런 생각이 들지만, 미미도 어딘가에서 밥을 얻어먹고 있을지 모른다. 마음을 고쳐먹고 참치 캔을 따주었다.

미미는 캔을 따는 소리만으로 들뜬 모양이다. 그 모습을 보고 있으면 귀여워 죽겠다. 캔째 접시에 올려 내어주니 미미가 와락 달려들었다. 다른 한 마리의 손님도 쭈뼛거리며 참치를 한입 물더니 깜짝 놀란 듯한 반응을 보였다.

고양이를 보고 있으니 마음이 진정된다. 나도 함께 간식을 먹기로 했다. 차가운 냉동실에 딱딱하게 얼어붙어 있는 하겐다즈.

"헌옷을 입더라도 마음은 새것처럼. 낡은 연립에 살아도 아이스크림은 하겐다즈가 최고지."

요즘 미미를 상대로 말을 할 때가 많다. 미미는 참치를 우걱우걱 먹으면서 나를 힐끔 보았다.

혼잣말의 연장 같은 건데, 고양이라고는 해도 식사할 때 말할 상대가 있다는 건 기쁜 일이다. 직업전문학교에서도 마음이 맞는 녀석은 없고, 마음이 맞지 않는 녀석과 이야기하는 것은 바보 같아서 나는 항상 혼자 밥을 먹는다.

창가에 앉아서 방 안을 돌아본다. 그리던 그림이 세 장. 문이 없는 벽장에 완성한 그림을 처박아두었다.

소파침대와 작은 책장과 간이 옷장. 휴대용 가스버너와 세면대. 작은 냉장고. 그림도구와 잔뜩 쟁여놓은 인스턴트라면. 작은 나의 세계. 도구로 잔뜩 어지러운 카펫 아래에서는 다다미와 마루판이 삐걱거리고, 옆의 옆집 대화소리까지 다 들린다.

작고 더럽지만 나는 이 집이 마음에 든다.

레이나의 눈동자는 뜨거운 빛을 품고 있다. 나는 레이나의 강인함과 자신감으로 가득 찬 태도가 좋다. 약한 내가 꼭 갖고 싶은 것.

레이나는 주저 없이 붓을 움직인다. 물감을 칠한다. 물감 냄새가 둥실 피어오른다. 색에 따라 냄새가 미묘하게 바뀌는 게 재미있다.

힘껏 큰 소리로 야옹 하고 운다. 목소리가 작아서 좀처럼 알아차리지 못한다.

"왜애? 배고파?"

간신히 알아주었다. 의식을 그림에 집중한 채 참치 캔을 따준다.

좀 짜긴 하지만 이것도 충분한 호강이다.

열심히 먹다가 문득 시선을 느끼고 고개를 들었다.

매가 있었다. 맹금류 특유의 실루엣에 본능이 반응하는 바람에 창틀에서 떨어지고 말았다.

레이나가 그런 나를 보고 배를 잡고 웃었다.

"그렇게 잘 그렸어?"

진짜 매가 아니라 레이나가 그린 그림의 일부였다.

자세히 보니 물감을 칠했을 뿐이었다. 진짜일 리 없는데 방금 전에는 진짜 매라고 생각했다. 태어나 한 번도 매를 본 적이 없지만 내 본능은 위험한 생물이 나타났다고 경고했다.

레이나는 정말 대단하다.

나는 그녀 옆에 있을 수 있어 자랑스러웠다.

밤새 그림을 그리다 잠깐 눈을 붙였더니 점심때가 한참 지났다.

국도 인근의 덮밥 집에서 재빨리 배를 채우고 집으로 돌아왔다.

연립 앞에서 이웃집 언니와 스쳐 지나갔다. 그녀는 밤일을 하고 있어서 항상 화장이 진하다.

"레이나, 손님이 와 있더라."

사투리 섞인 억양이 듣기 좋았다.

"아, 예. 고맙습니다."

꾸벅 고개를 숙인다. 손님이 올 일이 없는데 대체 누구일까?

어째서인지 마사토의 얼굴이 떠올랐다. 그럴 리가 없을 텐데도.

연립 앞에서 기다리는 사람은 여성이었다. 복장이 평소와 달라서 처음에는 알아차리지 못했다.

"어서 와."

직업전문학교 서무 선생님이었다.

"어라? 미유 씨, 웬일이야?"

내 질문에 미유 씨가 부끄러운 듯이 웃었다.

"저기, 집이 근처라서. 사실 학생 집 방문은 금지인데⋯⋯."

주저하며 그렇게 말한다. 이 사람이 온 이유는 대충 알 것 같다.

"뭐, 세세한 건 됐어."

나는 우리 집 문을 열었다.

"들어와. 좁고 더럽지만."

내 말에 과장은 없다. 이럴 줄 알았으면 조금이라도 치워둘걸 하고 후회했지만 이미 늦었다.

집 안을 본 미유 씨는 숨을 삼켰다. 방의 참담한 상태에 놀란 게 아니라 내가 그리던 그림에 시선이 고정되어 있다.

"굉장해⋯⋯ 대작이네."

그 반응이 기쁘다. 나는 마음속으로 만세를 외쳤다.

"언제 다 그릴 수 있을지는 몰라."

소파침대 위에 동그랗게 몸을 말고 누워 있던 미미가 눈을 뜨고 미유 씨를 보았다.

"미유 씨, 이 녀석과 똑같은 반응이네."

미미의 턱을 쓰다듬어준다.

"어머, 고양이를 기르는구나."

"기른다고 해야 할지, 자리를 잡았다고 해야 할지. 왔다 갔다 하는 고양이라고 해야 하려나."

"널 잘 따르네. 신뢰한다는 증거야."

"그런가."

손을 씻고 컵을 닦은 뒤 보리차 티백을 담아냈다.

"고마워. 나도 고양이랑 살거든."

"그렇구나."

"이 아이를 꼭 닮은 새하얀 고양이. 우리 집 애는 수컷이지만."

전에 미미가 데려온 흰 고양이가 생각났다. 그런 우연이 있다면 굉장하겠다는 생각이 들었다.

"저기, 요즘 학교에 안 나오는 것 같던데."

미유 씨가 갑자기 본론을 꺼냈다.

"가지 않았으니까."

내 얼굴을 보고 미유 씨가 한숨을 쉬었다.

"저기 말이지, 이건 행정실 직원이 아니라 개인 의견이라고 생각하고 들어주면 좋겠어. 내가 참견할 일은 아닐지도 모르지만…… 지금까지 수많은 학생을 보아왔기 때문에 꼭 말하고 싶어서…….."

빙 돌려 말하는 말투가 참기 힘들었다.

"본론을 말해."

"그림만 잘 그려서는 장래가 보장되지 않아."

가슴을 찌르는 말이었다.

"알아."

나도 모르게 말투가 차가워졌다. 손끝이 떨린다.

"그러니까 레이나, 한 번 더 미대를 노려볼 생각은 없어?"

미유 씨가 내 눈을 똑바로 보며 말했다.

내 안에는 그 말을 듣고 싶었던 내가 있다.

그런데 입에서 나온 말은 본심과는 달랐다.

"미대 따윌 나와봤자야."

상당히 방어적인 말투라는 건 나도 안다.

"그건 나온 사람이 할 말이고."

바로 논파당했다. 말투는 부드러웠지만 그 말은 마음에 울렸다.

"엄격하네."

이번에는 본심이었다.

"취직도 좋지만 일에 쫓기면서 그림을 그린다는 건 큰일이야."

그건 나도 안다.

"괜찮다니까."

지지 않으려는 마음으로 그렇게 대답했다. 근거가 없으니 언성만 높아지고 말았다. 내 기세에 놀라서 미미가 안절부절못했다.

"그게 옳은지 아닌지는 제쳐두더라도, 미술계로 뛰어들려면 능력만으로는 부족해. 미대를 나오지 않으면 그들과 같은 선상에서 경쟁할 수 없어."

내가 입을 열기도 전에 미유 씨가 말을 이었다.

"운 좋게 평론가 눈에 띄어 아웃사이더 아티스트 취급을 받을 생각이라면 상관없지만."

그런 것쯤은 나도 안다.

"괜찮아. 내 그림이라면 어디서든 해나갈 수 있어. 지금도 공모전용 그림을 그리고 있고."

훗 하고 미유 씨가 웃었다.

"왜 웃어요."

바보 취급하는 거라고 생각했다.

"아, 미안해. 레이나가 부러워. 나한테 그 정도 자신감이 있었다면 인생이 달랐을 거란 생각이 들어서."

순간을 모면하기 위해 둘러대는 말이나 거짓말이라고는 생각되지 않았다.

"뭔데? 남자 문제?"

떠보자 미유 씨가 눈에 띄게 허둥댔다.

"그런 게 아니라……."

정곡을 찌른 모양이다. 알기 쉬운 사람이다.

"미유 씨라면 괜찮을 거야. 엄청 좋은 사람이니까. 지금도 내가 걱정돼서 온 거잖아? 그 상냥함이 분명 전해질 거야."

"그럴까……."

어째서인지 내가 미유 씨를 격려하는 모양새가 되었다. 이 구도는 뭐람.

미미가 하품을 하더니 다시 소파침대 위에서 몸을 말았다.

"일단 미유 씨 말은 잘 알았어."

"부탁해. 그리고……."

"학교는 갈게. 조만간."

"고마워."

미유 씨가 웃었다.

레이나의 집에 있다 떠난 사람에게서 초비의 냄새가 났다.

그렇구나. 저 사람이 초비의 연인이구나.

이날부터 쭉 기분이 안 좋았다. 초비 때문이라고 확신했지만 그것만이 아니었다.

3

미유 씨는 대학에 가라고 말해주었다.

하지만 끝내 입시인지 취직인지 결정하지 못한 채 여름이 끝나가고 있었다.

여름방학의 마지막 이 주 동안 나는 직업전문학교 소개로 인턴을 하게 되었다. 신청했다는 사실조차 잊고 있었다.

인턴이라고 하면 듣기에는 좋지만, 무보수 노동 같은 것이다. 처음에는 땡땡이칠 생각이었지만 출근하게 된 곳이 나도 이름을 알 정도의 디자인 사무실이라서 마음이 바뀌었다. 유명한 영화의 타이틀이나 베스트셀러 만화의 표지 디자인 같은 걸 맡는 곳이다.

디자인 사무실답게 번화가에 위치해서 집에서는 좀 멀었다. 나는 오랜만에 규칙적인 생활을 하게 되었다.

첫날은 역시 좀 긴장되었다. 내게 주어진 일은 회의록 정리나 봉투에 주소 스티커 붙이기 같은 잡무뿐이었다. 하지만 프로 디자이너의 일을 바로 옆에서 볼 수 있어 큰 수확이었다.

프로가 일하는 모습을 처음으로 눈앞에서 보았다.

다들 어쨌든 손이 빨랐다. 게다가 단 하나의 디자인을 위해서 엄청난 양의 시안을 만든다는 게 인상적이었다. 잡무지만 이 사람들에게 도움이 된다는 사실이 기뻤다.

더 기쁜 건 점심밥.

장소가 장소인 만큼 주변에 고급스러운 가게가 많다. 여러 사람이 돌아가며 날마다 비싼 점심을 사주었다. 어느 가게나 깜짝 놀랄 만큼 맛있었다.

최근 제대로 된 걸 먹지 못했다는 사실을 깨달았다. 맛있는 밥은 의욕과 활력을 샘솟게 한다. 무보수 단순 노동이라 제로이던 의욕이 생겨났다.

나도 미미처럼 먹이로 길들여지고 말았다.

디자인 사무실 사람들은 인턴에게 익숙한지 여러모로 신경을 써주었다. 특히 팀장이라는 남자가 잘 챙겨주었다.

첫인상은 '왠지 맘에 안 드는 녀석'이었다. 향수를 뿌리는 남자 중에 제대로 된 녀석은 없다. 예를 들어 아빠가 그랬다. 훨씬 젊지만 어딘지 모르게 아빠를 닮았다.

나를 인턴으로 뽑은 사람도 그 팀장인 모양이다.

지금까지의 내 작품을 정리한 포트폴리오를 제출했는데 칭찬해 주었다.

둘이서 점심을 먹을 때 지금 그리는 작품에 대해서 열변을 토하니 기쁜 듯이 이야기를 들어주었다.

"다음에 네 작품을 보여줘."

팀장이 환한 미소를 지으며 말했다. 보여주어야겠다고 생각했다. 미미도, 미유 씨도 놀란 그림. 분명 기뻐할 것이다.

"언제든 보러 오세요. 집이 좀 더럽긴 하지만."

자신만만하게 그렇게 대답했다.

금방이라도 올 거라고 생각했는데 일이 바빠져서 그럴 상황이 아니게 되었다. 사무실에서 자는 사람까지 있을 정도였다. 나도 나름대로 아침부터 밤까지 열심히 움직였다.

정신없지만 학교 축제 전날 같아서 즐거웠다. 당사자가 아니다 보니 강 건너 불구경하듯 편한 마음이긴 했다. 그래도 도시락 심부름 정도로 감사 인사를 받으면 도움된다는 사실이 기뻤다. 생각해보면 지금까지 인생에서 좀처럼 남에게 도움된 적은 없었던 것 같다.

"고생하셨습니다!"

아수라장을 헤쳐 나온 후 모두 함께 건배했다. 나만 미성년자라 콜라다. 일단 학교 소개로 왔으니 얌전히 콜라를 선택했다.

팀장은 그림을 보러 오겠다고 말한 사실을 기억하고 있었다. 바빠서 잊었을 거라고 생각했기에 기뻤다. 휴대전화 번호를 교환했다.

"그 인간, 어린 친구들을 좋아하니까 조심해."

그 후 화장실에서 여성 디자이너가 귀띔해주었다.

이게 여자의 질투라는 건가!

그런 식으로 생각한 게 잘못이었다.

여름이 끝을 향해 가자 내 몸에 변화가 시작되었다. 새끼 고양이에서 암컷 고양이로.

나는 초비의 아이를 갖고 싶었다. 솔직히 말해보기로 했다.

"결혼하자."

"저기, 미미. 몇 번이나 말했지만 내게는 어른 연인이 있어."

또 그 소리다. 나는 확인해보고 싶어졌다. 레이나를 찾아온 그 여성인지 아닌지. 그 연인이 어느 정도의 사람인지.

"만나게 해줘."

"안 돼."

"왜?"

"미미, 몇 번이나 말했잖아……. 이런 이야기는 네가 좀 더 어른이 된 다음에 하는 게 좋겠어."

나는 수염도 꼬리도 축 늘어질 정도로 슬퍼졌다.

인간이 연인이라니 바보 같아. 평생 그렇게 살아라.

기분이 상해 큰 발소리를 내며 레이나의 아틀리에로 향했다.

언제나처럼 녹나무 위에서 레이나의 방을 바라보았다. 레이나가 누군가와 통화를 하고 있었다.

"에이, 그런 거 아니에요오."

평소의 레이나라면 절대로 내지 않을 애교 섞인 목소리.

이런 건 레이나가 아니다. 더 굳건하게, 누구에게도 아양 떨지 않고 의연하기를 바랐다.

왠지 화가 치밀어 올라서 잔혹한 마음이 생겼다. 지금이라면 어떤 사냥감이라도 잡을 수 있을 것이다.

그때의 나는 어떻게 되었던 거라고 생각한다.

평소와 달리 멀리까지 산책을 나섰다. 모르는 덤불 속도 모르는 담장 위도 성큼성큼 나아갔다. 가본 적 없는 곳, 맡아본 적 없는 공기. 평소라면 겁이 났을 텐데 전혀 두렵지 않았다.

방심한 나는 다른 고양이의 영역에 발을 들여놓고 말았다.

아, 이건 좀 위험할지도 모르겠다.

그렇게 생각했을 때는 이미 늦었다. 눈빛이 날카로운 수고양이가 앞을 가로막았다. 길고양이인데 몸집이 컸다. 먹이를 많이 먹었다는 건 그만큼 강하다는 뜻이다.

흰 바탕에 검은색 얼룩이 있는 몸통에는 큰 흉터가 있었다. 우뚝 솟은 꼬리 끝은 옆으로 휘었다.

'갈고랑이꼬리.' 나는 속으로 그렇게 이름을 붙였다.

갈고랑이꼬리는 평가하는 듯한 시선으로 나를 보았다.

내가 한 걸음 나아가자 더 다가오면 용서하지 않는다고 그 눈이 말했다.

"저기…… 잡아줘."

내 목소리는 나조차 놀랄 정도로 달콤했다.

"뭐를?"

갈고랑이꼬리가 의아하다는 듯이 말했다.

꼬리가 긴 새가 주차장 자갈 위에서 무언가 쪼아 먹고 있었다.

갈고랑이꼬리는 그 모습을 슬쩍 보고는 소리도 없이 움직였다. 담장 위에서 슬금슬금 새에게 접근하더니 온몸의 근육을 긴장시켰다. 단숨에 담장에서 뛰어내려 정확하게 새 목덜미를 물었다. 새는 날갯짓하면서 벗어나려고 열심히 발버둥쳤다.

"굉장해."

그렇게밖에 말할 수 없을 만큼 훌륭했다. 온몸의 털이 곤두섰다.

새는 갈고랑이꼬리의 입안에서 급속히 생명을 잃어갔다. 그는 움직이지 않게 된 사냥물을 내 눈앞에 떨구었다.

"대단한 일도 아니야. 어두워지면 새는 눈이 보이지 않게 되지."

부모가 자식에게 가르쳐주는 듯한 말투였다. 그때 갈고랑이꼬리가 꽤 나이가 많다는 걸 알았다.

"나는 미미. 당신 이름은?"

"없어."

"그럼 갈고랑이꼬리라고 불러도 돼?"

"마음대로 해."

갈고랑이꼬리가 등 돌리고 걷기 시작했다. 나는 그 뒤를 따라갔다.

아아, 내가 진짜 고양이라는 실감이 들었다. 고양이의 본능이 날 움직이고 있다.

그날 밤, 나는 갈고랑이꼬리와 맺어졌다.

여름이 끝나려 하고 있다.

다음 날도 초비와 만났지만 초비는 내게 일어난 일 같은 건 전혀 알아차리지 못했다.

끼기끼기 하는 소리로 우는 이상한 매미가 있었다. 흉내를 내려다 실패해서 나와 초비는 한껏 웃었다.

나는 만날 때마다 초비에게 결혼하자고 졸랐지만 이날은 처음으로 그 말을 하지 않고 헤어졌다.

내일 또 만나자는 약속도 하지 않았다. 그런데 초비는 아무 말 없이 인간 여자에게 돌아갔다.

그런 초비를 보고 있으니 꼬리가 축 늘어졌다.

요 며칠 동안 레이나는 평소와 다르게 들떠 있어서 내 마음을 알아줄 것 같지 않았다.

나는 어찌할 바 모를 마음을 안은 채 잠만 잤다.

"취업될 것 같아."

레이나는 기분이 좋아 보였다.

"인턴으로 들어간 사무실 팀장이 날 마음에 들어하는 모양이야."

"내게 재능이 있대. 뭐, 전부터 알고는 있었지만."

"일은 힘들 테지만 거기 들어가도 좋을 것 같아."

레이나의 흔들리지 않는 강인함이 눈부시게 느껴졌다.

레이나 이야기를 듣고 생각한 게 있다. 고양이에게는 각자 영역이 있다. 고양이마다 영역 크기는 다르지만, 한 영역에 고양이는 한 마리밖에 없다.

인간은 같은 영역에 여러 명이 모여 복작거린다. 사이좋은 것 같지만 보기에만 그렇지 한 영역을 지배하는 건 실질적으로 단 한 명뿐이다.

레이나처럼 그림을 그리는 사람은, 쭉 좁은 영역 안에서 다툼을 거듭하며 많은 인간을 이긴 강한 자만이 살아남는다.

레이나는 정말 강하니까 지금까지 지지 않고 헤쳐 나왔다.

또 한 가지 인간의 영역이 이상한 점은 시간이 지나면 억지로 다른 영역과 싸우게 된다는 것이다.

예전에는 모든 영역에 여유가 있었지만 최근에는 정말로 작은 영역만 남아서, 한 명이나 두 명 분량의 영역을 두고 수많은 인간이 다투는 모양이다.

하지만 레이나라면 괜찮을 것이다. 이렇게 강하고, 이렇게 자신감으로 가득 차 있으니 질 리가 없다.

4

차츰 바람이 시원해지더니 계절은 가을이 되었다.

레이나의 연립 주변에 아무렇게나 자라난 나무에도 색이 여물기 시작했다. 녹나무만은 푸름을 간직하고 있지만 열매는 제대로 영글기 시작했다.

나는 황금색이나 적동색 낙엽을 밟으며 가을 냄새를 한껏 들이마셨다.

내 몸은 꽤 커졌다.

지금까지 잘 지나다니던 곳에 걸리게 되어서 레이나가 비웃었을 정도다.

거대한 가을 태풍이 다가왔다.

모든 걸 비와 바람으로 감싸 산산이 부수어버릴 것 같은 태풍.

그날만큼은 레이나도 나를 연립에 받아들이고는 밤새 함께 있어 주었다.

새끼였을 때의 공포가 되살아나는 듯한 하룻밤이었다. 연립 여기 저기가 삐걱대고 빗줄기가 세차게 창문을 두드렸다.

레이나는 그런 상황 속에서도 꼼짝 않고 일심불란하게 그림을 그렸다.

한숨도 못 자고 하룻밤을 보낸 뒤 아침이 되어 새파랗게 바뀐 하늘을 보았을 때, 나는 무언가가 결정적으로 바뀌었다는 사실을 본능적으로 깨달았다.

갈고랑이꼬리의 죽음을 알려준 건 통나무처럼 동그랗게 살찐 고양이였다.

그 고양이는 자기 이름이 구로라고 했다.

"그 녀석과 친하다더군."

"그 녀석이라니……?"

"꼬리가 이렇게 휜 녀석 말이야. 알잖아?"

"갈고랑이꼬리?"

"그렇게 불렀나? 그럼 네가 틀림없겠군. 녀석은 그 이름을 좋아했어. 길고양이가 이름을 얻는 일은 좀처럼 없으니까."

구로가 잠시 말을 멈췄다.

"녀석이 죽었어."

"그렇구나."

갈고랑이꼬리가 죽었다. 나는 그 사실을 순순히 받아들였다.

"안 놀라?"

"그런 느낌이 들었거든."

세상이 이만큼이나 바뀌었으니 분명 무슨 일이 있을 거라고 각오는 했다.

"그러니까 녀석의 영역은 네 거야."

"……뭐?"

그 사실이 더 놀라웠다.

"왜? 고양이들끼리 그곳을 두고 서로 싸우는 거 아니야?"

"이 동네 방식은 이래."

당연하다는 듯이 구로가 말했다.

"그럼 난 전했다."

구로는 그렇게 말하고 등을 돌렸다.

"저기, 고마워."

가르쳐준 데 대한 감사인사를 구로가 오해했다.

"내가 결정한 게 아니야. 감사인사는 존에게 해."

"존……?"

"개야."

구로가 그렇게 말하고는 보기와 달리 날쌘 몸놀림으로 사라졌다.

슬프지는 않았다. 그저 졸리고 또 졸려서 얼마간 레이나의 집에서 계속 잠을 잤다.

레이나는 집에 없을 때가 많았다.

얼마 후 구로가 와서 "영역 순찰을 땡땡이치지 마"라고만 말한 뒤 떠났다.

갈고랑이꼬리의 영역을 천천히 돌아보았다. 함석지붕을 얹은 폐공장. 거의 말라 있는 쓰레기투성이 수로. 배기가스로 새카매진 콘크리트 벽이 계속된다.

어디나 쓸쓸한 광경뿐이었다. 갈고랑이꼬리는 쭉 이런 살풍경한 곳을 보면서 살았구나.

텅 빈 주차장 구석에 옅은 복숭앗빛 코스모스가 한 송이 피어 있었다.

그때 확신했다. 갈고랑이꼬리는 틀림없이 여기서 죽었다.

갈가리 찢어질 것 같은 슬픔이 덮쳐왔다.

레이나에게 위로받고 싶었다.

하지만 레이나를 만나면 안 될 것 같은 느낌도 들었다.

나는 사실 정말로 약하다. 몸은 커졌어도 마음은 아직 새끼 고양이다. 만약 약해서 도움이 되지 않는 고양이라는 사실이 알려지면 레이나는 나를 버릴지도 모른다. 첫 주인이 나를 버린 것처럼.

레이나는 오늘도 집을 비웠다. 인턴인지 뭔지 하러 갔을 것이다. 내게는 오히려 그편이 더 나았다.

나는 레이나 집 처마 밑에서 희미한 레이나의 물감 냄새를 느끼면서 계속 잤다.

자동차 소리에 눈을 떴다. 이미 주위는 어두웠다.

집 안에서 레이나 목소리가 들린다. 슬슬 배가 고팠다. 나는 기쁜 마음에 덧창을 박박 긁었다. 평소라면 바로 레이나가 얼굴을 내밀어 준다.

그런데 기척이 없었다.

이 녀석은 내가 그린 그림이 아니라 내 몸을 계속 보고 있었다.

미유 씨를 집 안에 들였을 때와는 달리 이 녀석은 그림에 눈길도 주지 않았다.

생각해보면 처음부터 그랬을지도 모른다. 하지만 인정하고 싶지 않았다. 내 재능을 인정받았다고 생각하고 싶었다.

팀장이 차로 바래다주었다. 팀장은 차 안에서 마음에도 없는 말을 늘어놓았고 나는 그걸 기쁜 마음으로 들었다.

나는 정말 바보다.

그리고 지금 소파침대 위에서 그 녀석 밑에 깔려 있다.

팀장의 향수 냄새에 토할 것 같았다.

이럴 생각은 없었다.

이 녀석의 속셈을 손에 잡힐 듯이 알 것 같다. 형태로는 내가 꾄 게 된다.

"그 인간, 어린 친구들을 좋아하니까 조심해."

여성 디자이너의 말이 진짜 경고였다는 사실을 이제야 알겠다.

이것도 일이다. 여기서 이 녀석이 말하는 대로 따르면 일을 받을 수 있을지도 모른다. 이것도 인간관계 중 하나다.

흐름에 맡겨도 괜찮지 않을까.

잠깐 그렇게 생각한 순간 속에서 뜨거운 분노가 치밀어 올랐다.

잠깐이나마 그런 식으로 생각한 나를 용서할 수 없었다. 나 자신은 결코 속일 수 없다.

달짝지근한 냄새를 두른 그 녀석의 손이 내 몸을 더듬기 시작했다. 무섭기도 하고 나 자신이 한심하기도 해서 녀석이 하는 대로 가만히 두었다.

"예뻐."

팀장의 말이 기분 나빠서 닭살이 돋았다.

"그만해."

팀장은 손을 멈추지 않았다.

"만지지 마!"

배 속에서 끌어 올려 소리를 내자 움직일 수 있게 되었다. 근처에 있던 걸 집어서 팀장 얼굴을 때렸다. 입었던 재킷이다.

녀석이 움츠러든 틈에 소파침대에서 일어서려고 하자, 팀장이 뒤에서 덮쳤다.

"만지지 말라고 했잖아!"

몸을 비틀어서 팔꿈치로 명치를 힘껏 찔렀다.

멋지게 들어갔다. 그것도 너무 제대로.

소파침대에서 굴러떨어진 팀장 때문에 쌓아둔 책과 캔버스가 쓰러졌다.

"잠깐, 레이나. 진심 아니지?"

거짓된 미소가 불쾌해서 견딜 수 없었다. 더는 두렵지 않다.

"진심이야. 당장 나가!"

근처에 있던 잡지를 얼굴을 향해 집어 던졌다.

"오해가 있는 것 같은데…… 대화로 풀자고."

더는 그 미소에 속지 않아. 이딴 녀석의 마음에 들려 했던 내가 한심하다.

캔버스를 받쳐두는 이젤에서 빠져나온 다리 하나를 집어 들었다.

그걸 본 팀장이 뒷걸음질하며 집에서 나갔다.

나는 이젤 다리를 든 채로 바닥에 털썩 주저앉았다.

다시 문이 열려서 그 녀석이 돌아온 줄 알고 온몸이 긴장했다. 열린 문틈으로 얼굴을 내민 건 이웃집 언니였다.

"레이나, 괜찮아?"

화장 짙은 얼굴이 너무 믿음직스러워서 눈물이 날 것 같았다.

그 사실이 나를 분노하게 했다.

이 자식, 감히 날 울렸겠다!

"거기 서!"

나는 샌들을 신고 밖으로 뛰쳐나갔다.

팀장은 차 앞에서 담배를 피우고 있었다. 프랑스 브랜드입네 뭐네 자랑하던 자동차, 혐오감이 드는 포즈다.

히죽거리는 얼굴로 힐끔 나를 본다. 내가 다시 와서 뭐라고 말할 거라 생각한 걸까.

"거기 서, 이 자식아!"

팀장이 황급히 차 안으로 몸을 숨겼다.

문을 힘껏 걷어찼다. 한심한 소리가 나며 움푹 들어갔다.

이 소동에 연립 주민들이 밖으로 나왔다.

팀장은 자동차를 급발진해 그대로 도망쳤다. 운전을 엉망진창으로 하는 모양이다. 여기저기서 경적 소리가 들려왔다.

"예이, 레이나!"

옆집 언니가 응원을 해준다.

여기저기서 환호성에 박수까지 일었다.

"구경거리 아니라고!"

나는 일갈하고 집으로 돌아왔다.

아직 그 남자의 냄새가 난다. 나와 상대 모두에게 화가 났다. 나는 왜 이렇게 얼간이 같을까.

환기하고 싶어서 창을 열었다.

미미가 들어왔다. 미미는 잠자코 내게 몸을 기댔다. 그 온기가 무엇보다도 위안이 되었다.

"미미, 오늘은 함께 있어줘."

나는 미미와 함께 잤다.

얼마간은 아무 생각도 하고 싶지 않았다.

계절이 바뀌어 겨울이 되려 했다. 레이나는 아틀리에에서 그림을 그리기보다 다른 일을 할 때가 더 많아졌다.

책을 읽거나, 과실주를 만들거나, 수예를 하거나. 레이나는 가만히 있을 수 없는 사람이다. 손은 계속 움직이지만 그림은 그리지 않는다.

레이나가 고타쓰를 꺼내놓은 뒤로 나는 그 안에서 몸을 말고 있을 때가 많아졌다. 계속 졸렸다.

2학기가 시작되었다.

강의는 너무 많이 빠진 탓에 따라가지 못하고, 실습은 시간이 부족해서 제대로 된 결과물을 제출하지 못했다. 쉬는 동안 전혀 과제를 하지 않은 탓이다.

수업 시간에 자고 있었더니 강사가 교실에서 나가라기에 순순히 그 말을 따랐다.

학교 앞에서 캔 음료를 마시는데 미유 씨가 왔다. 꽤 오랜만에 보는 느낌이다.

"학교에 나와줘서 고마워."

미유 씨는 들고 있던 캔 커피를 내 캔에 탁 부딪쳤다.

"미유 씨가 보고 싶어서."

진심이었다. 미유 씨는 웃었다.

팀장과의 사건은 디자인 사무실에서 알게 된 사람 모두에게 이메일로 알렸지만 학교에는 아무 말도 하지 않았다. 미유 씨가 들었는지 어쨌는지는 모른다.

"공모전에 제출 안 했니?"

미유 씨의 질문을 듣고서야 생각났다. 마감일은 이미 오래전에 지났다.

"우리 학교에서 낸 사람은 마사토뿐이야. 너와 같은 반."

그 녀석, 제출했나.

"걔 여름 전에 열린 콩쿠르에서도 입상했잖아. 그 덕에 심사위원인 기리야 선생님을 사사하고 있어."

그 녀석, 어느 틈에 그렇게…….

"그렇구나. 잘됐네."

진심으로 그렇게 말하고 싶었다. 하지만 나는 억지 미소를 짓고 있었다.

"그러니까 레이나도 힘내."

악의가 없는 만큼 미유 씨의 말이 아프게 다가왔다.

"응."

나는 크게 한숨을 쉬었다.

"알아버렸어. 줄곧 내게 재능이 있다고 생각했거든. 아저씨들이 띄워준다고 착각한 거야. 나는 아직 멀었는데."

미유 씨는 내 말을 잠자코 들었다.

"그래, 너 정도는 햇병아리지."

갑자기 뒤에서 굵직한 목소리가 들려 돌아보았다.

"가마타 선생님."

베테랑 비상근 강사다. 담뱃갑을 손에 들고 있었다.

"남 이야기에 멋대로 끼어들지 마요!"

나는 선생님의 듬성듬성한 머리를 노려보았다. 잡아 뜯어버리고 싶다고 생각했다. 내가 부족하다는 건 말하지 않아도 잘 안다.

"하지만 그걸 알았다면 약간은 가망이 있군."

그 말만 하고는 바로 흡연실로 가버렸다.

가마타 선생님 나름의 격려일지도 모른다. 그래도 내 마음은 풀리지 않았다.

마사토, 그 녀석은 열심히 노력했는데 난 아무것도 하지 않았다.

누워 있는 레이나에게 살짝 몸을 기댔다.

"그 녀석에게 졌어……. 지기는커녕 겨뤄보지도 못했어. 나는 아무것도 제출하지 않았으니까."

레이나가 내 몸을 쓰다듬는다.

"나, 이제 어떻게 되는 걸까. 잘하는 거라고는 그림 그리는 거밖에 없는데. 미미, 전부, 전부 나에게 돌아와. 나보다 못하다고 생각한 녀석에게 했던 말이 전부 나에게…… 재능이 없다느니, 그만두라느니 했던 말이 전부……."

레이나가 몸을 떨었다.

"도와줘. 내가 너무 혐오스러워서 견딜 수가 없어."

레이나 뺨에 흘러내리는 물방울을 살짝 핥았다. 따뜻했다. 레이나의 생명의 맛이 났다.

레이나가 강인함을 잃고 있다. 나는 정말로 오랜만에 초비가 생각났다.

5

초비를 꽤 오랜만에 만났다. 초비는 생각했던 것보다 몸집이 작았다. 내가 커진 걸지도 모른다.

왠지 주눅이 든 나와 달리 초비는 바로 어제까지 만나던 친구처럼 이야기를 시작했다.

"괜찮아, 미미. 괜찮아."

초비는 괜찮다는 말을 몇 번이나 했다.

"왜 괜찮다고 생각해?"

초비를 만나니 어리광부리고 싶어졌다.

"강하기만 한 인간은 없지만 계속 약하기만 한 인간도 없으니까. 그리고 축하해."

부풀어 오른 내 배를 보고 초비가 말했다.

배 속에는 새끼 고양이가 있다. 갈고랑이꼬리의 새끼다.

나는 초비보다 한 발 먼저 어른이 되어버렸다.

평소라면 신뢰했을 초비의 말을 믿을 수 없었다. 나는 너무 불안
했다.

출산 준비를 시작했다. 난 이제 나이되 내가 아니다. 나와 우리.
실로 약한 나는 언젠가 다가올 출산의 순간을 위해서 힘을 모았다.

내게서 새끼를 빼앗으려 하는 모든 것에 맞설 용기, 장차 내 몸에
일어날 일에 대한 두려움이 하나 되어 용솟음쳐서 마치 내가 아닌
것만 같았다.

그러는 중에도 딱 한 가지를 간절히 바랐다.

절대로 레이나에게 폐를 끼치고 싶지 않다고.

레이나는 지금 상처받았다. 레이나가 약해졌을 때 걱정을 끼치고
싶지는 않다.

출산이 다가오면서 본능에 이끌려 자동적으로 행동하게 되었다.
해야 할 일은 본능이 모조리 알고 있었다.

나는 연립의 공동창고로 숨어들었다. 여기저기서 낡은 천을 모아
다 스키 플레이트와 종이상자 틈에 침대를 만들었다. 겨울 추위 탓
에 체력을 많이 빼앗겼다.

진통이 시작되었을 때 나는 확신했다.

내 체력은 출산이 끝날 때까지 유지되지 않을 거라고.

나는 몸집 작고 귀도 안 좋은 가장 약한 고양이다. 엄마가 된다고 그 사실이 없어지지는 않는다.

첫 번째 아이가 나왔다. 막을 찢어 숨을 쉬게 했다. 냐아 하며 약한 울음소리가 들렸을 때 나는 그 무엇보다도 큰 기쁨을 맛보았다. 살아 있기를 잘했다.

"……미미……."

갈고랑이꼬리의 목소리가 들렸다.

중요한 순간인데 귀가 안 좋은 탓에 갈고랑이꼬리가 무슨 말을 하는지 들리지 않았다.

"뭔데, 갈고랑이꼬리?"

그 말이 듣고 싶어서 갈고랑이꼬리 쪽으로 다가가려 했다. 어느 틈엔가 주위에 옅은 복숭앗빛 코스모스가 피어 있었다. 어째서인지 정말 좋은 냄새가 났다.

갈고랑이꼬리가 멀어진다.

"기다려……."

그때 격심한 통증이 일었다.

"아야!"

누군가가 내 꼬리를 깨물었다. 갈고랑이꼬리도, 코스모스도 사라졌다. 주위는 어두운 창고였다.

꼬리를 깨문 건 초비였다.

"왜 여기 있어?"

내 영역을 침범당해 분노가 일었다.

"주인을 불러올게."

초비가 침착한 목소리로 말했다.

"쓸데없는 짓 하지 마!"

나는 온몸의 털을 곤두세우며 화를 냈다.

"하지만 이대로는 위험해!"

초비는 내 외침을 무시하고 눈 속을 헤치며 뛰어나갔다.

나는 마지막 순간까지 강인하게 버티지 못했다.

진통 탓인지 마음의 아픔 탓인지 모르겠지만 아파서 견딜 수 없었다.

이런 나를 레이나는 분명 구해주지 않을 것이다.

최근 미미의 모습이 보이지 않는다. 미미에게까지 버림받았을지도 모른다.

캔 사료를 사놓은 채 기다리고 있건만.

창 저편에 흰색의 무언가가 보인다.

미미?

문을 열자 목걸이를 한 흰 고양이가 한 마리 있었다. 본 적이 있다. 언젠가 미미가 데려온 고양이다.

그 고양이는 나를 재촉하듯이 달리기 시작했다.

가슴이 뛰어서 뒤를 따라갔다.

연립의 공동창고였다. 나는 그 안에서 희미하게 우는 갓 태어난 새끼 고양이와 피로 얼룩진 미미를 발견했다.

"어, 어, 어쩌지."

무척 당황했지만 어떻게든 해야 할 것 같아서 여기저기 전화를 돌렸다.

처음으로 전화를 받아준 사람은 마사토였다.

"바로 갈게."

지리멸렬한 말을 늘어놓는 내게 마사토는 택시를 타고 달려와주었다.

6

이윽고 다음 봄이 왔다.

레이나의 아틀리에는 내 아이들로 가득했다.

마사토라는 사람이 나와 레이나를 병원에 데려가준 덕에 나머지 아이들은 병원에서 출산했다. 내 배에는 그때의 커다란 상처가 남아 있다. 보기 흉하지만 갈고랑이꼬리와 같다고 생각했다.

레이나가 내 아이들을 물끄러미 보고 있다.

절대로 버리면 안 돼. 버리게 두지 않아.

"미미, 그렇게 무서운 얼굴 하지 마. 한 마리도 빠짐없이 훌륭한 주인을 찾아줄 테니까."

레이나는 그 말대로 여기저기 전화를 돌려서 내 아이들을 훌륭한 주인에게 맡겼다. 한 명 한 명 내가 확인했다. 마음에 들지 않는 녀석이 오면 나는 아이들을 숨겼다.

　레이나가 그린 나와 다섯 마리 새끼의 그림.

　나는 그 그림을 보면서 다들 잘 있을지 상상한다.

　그리고 변한 게 하나 더 있다. 출산과 육아를 끝낸 나는 완전히 레이나의 집에 터를 잡고 말았다.

　나는 레이나의 고양이가 되었다.

　그러니까 나는 그녀의 고양이다.

まどろみと空

선잠과 하늘

3화

1

친구와 크게 싸웠다.

내가 정말 좋아하는 마리. 초등학교 때부터 쭉 함께였다.
마리와 만난 건 초등학교 사 학년 때. 마리는 큰 병으로 일 년을
쉬어서 나이가 한 살 많았지만 우리는 전혀 신경 쓰지 않았다.
"아오이를 만났을 때 마치 나 같다고 생각했어."
나중에 마리가 이런 말을 했다. 나도 똑같은 생각을 했기 때문에
기뻤다.
마리와는 학교에서도 집에서도 함께였기에 이윽고 양쪽 가족 모
두가 사이좋게 지내게 되었다. 나는 외동딸이지만 마리와는 친자매
같다고 생각했다. 아니, 진짜 언니나 여동생이 있다 해도 그렇게까

지 사이좋지는 않았을 거라고 생각한다.

항상 둘이 함께 있었던 탓인지 선생님과 부모님도 구분을 잘 못하겠다고 할 만큼 하고 다니는 거나 성격도 똑같아졌다. 우리는 정신적인 쌍둥이였다.

좋아하는 수업도 좋아하는 반찬도 모두 같았다. 좋아하는 방송도 좋아하는 가수도 같았다. 내 머릿속에 줄곧 흐르던 노래를 마리가 문득 흥얼거려서 놀란 적도 있었다. 왜 이렇게 마이너한 곡까지 겹치는 거냐며 웃었다.

좋아하는 남자까지 같았다.

그런데도 사이가 나빠지지 않은 건 우리가 진짜로 좋아한 그 남자가 만화 속 등장인물이었기 때문이다.

둘 다 푹 빠져서 그 남자의 멋진 점에 대해서 열렬히 토론했다. 내가 그 남자와 어디에 가고 싶다든가 어떤 식으로 함께 시간을 보내고 싶다든가 이야기하면, 마리가 그럴 때는 분명 이렇게 말할 거라며 남자의 대사를 생각해주었다.

그게 즐거워서 나와 마리는 사춘기를 둘이 함께 만들어낸 이야기 세상 속에서 보냈다.

나도 마리도 그림 그리는 걸 좋아했다. 함께 만화를 그리고, 만화가 선생님에게 팬레터를 보냈다. 답례 연하장이, 그것도 각자에게 한 통씩 도착했을 때는 뛰어오를 듯이 기뻤다.

처음에는 만화가 선생님이나 부모님에게 보여주기 위해 만화를 그렸다. 하지만 점차 진지하게 그리고 싶어졌다. 다른 사람이 그린 캐릭터가 아니라 우리가 생각해낸 캐릭터를 그리고 싶었다.

언제부터인가 마리가 이야기를 생각하고 내가 그림을 그리게 되었다.

마리는 내가 뭘 그리고 싶어하는지 나보다 잘 알았다.

우리가 그린 만화를 편의점에서 복사한 후 스테이플러로 엮어서 이벤트 회장에서 판매한 적도 있었다. 그런 책을 가지고 가서 파는 이벤트가 있다.

전혀 팔리지 않았지만 즐거웠다.

취직은 따로따로 했지만 마리는 매일같이 우리 집에 와서 우리의 만화, 우리의 세계에 대한 이야기를 했다.

편의점에서 복사해서 만든 만화를 인쇄소에 부탁해서 적은 부수의 책으로 만들게 되었고, 팔리는 숫자도 점차 늘었다.

그러다 책을 파는 이벤트에서 출판사 사람이 말을 걸었다. 누구나 아는 만화 잡지의 편집자였다.

우리를 발견해준 사람이 있었다.

우리는 만화가 선생님에게 처음으로 팬레터 답장을 받았을 때와 같은 기쁨을 느꼈다.

하지만 지금 생각하면 그런 이야기가 나온 탓에 우리는 이상해지고 말았다.

우리는 편집자에게 보여줄 만화를 그리기 시작했지만 결국 그 만화는 아무리 시간이 지나도 완성되지 않았다.

그날 치킨 전문 패스트푸드점에서 우리는 마주 보고 앉았다.

"미안해, 아오이."

마리가 사과했다.

나는 손끝에 기름을 잔뜩 묻힌 채 묵묵히 식사를 계속했다.

마리는 이야기를 쓸 수 없게 되었다. 내가 정한 마감일이 되어도, 편집자가 정한 마감일이 지나도 새로운 이야기는 나오지 않았다.

마리의 이야기가 없으면 나는 아무것도 그릴 수 없다.

지금까지 마리는 나를 위한 이야기를 썼다. 하지만 이제 독자라는, 얼굴도 모르는 막연한 누군가를 위해 써야만 한다.

나를 위해 쓸 수 있다면 누구를 위해서라도 쓸 수 있을 거라고 생각했다. 그런데 쓸 수 없다니, 게으름 피우는 거라고 생각했다.

몸이 안 좋았다는 말도 변명처럼 느껴졌다.

나는 간신히 찾아온 데뷔 기회가 손가락 사이로 빠져나가고 있다는 데 초조해져서 눈앞의 마리가 보이지 않게 되었다.

변명을 계속하는 마리에게 태어나 처음으로 분노를 느꼈다.

"차라리 죽어버렸으면 좋겠어."

정말로 심한 말을 하고 말았다.

마리는 잠자코 그 말을 받아들였다. 그때의 창백해진 얼굴이 뇌리에서 지워지지 않는다.

다음 날. 그 말은 현실이 되었다.

일 년 중에 가장 춥고 두려운 계절이 왔다. 사냥감이 줄어서 영양이나 에너지를 만족스러울 만큼 얻지 못하는 데다 냉기가 사정없이 체력을 빼앗는다.

겨울은 약한 녀석부터 죽는 계절이다.

구로는 이 계절을 몇 번이나 넘겼는지 모른다.

두꺼운 모피로 몸을 지키고, 두툼한 피하지방을 흔들면서 엉금엉금 움직인다. 보기에 어떻든 이 지방이 구로를 지켜준다.

구로는 자신의 모피가 사실은 어떤 색이었는지 기억하지 못한다. 지금 모피는 검은색과 갈색 중간의 여러 색이 섞여 있다.

이렇게 추우면 영역 순찰도 꺼려진다.

"나도 나이를 먹었구나······."

그렇게 중얼거리지만 들어주는 고양이도 없다. 갈고랑이꼬리가 죽은 뒤, 구로는 근방에서 가장 강한 길고양이가 되고 말았다. 구로와 어울리려는 고양이는 이제 없다.

왕자란 고독한 법이다. 다른 고양이는 좀처럼 구로에게 다가오려 하지 않는다. 이따금 기개 있는 고양이가 보스 자리를 노리고 도전했다가 패배해서 도망칠 뿐이다.

구로의 얼굴은 상처투성이지만, 엉덩이도 꼬리도 집고양이처럼 부드럽다. 구로는 상대에게 등을 보인 적이 없다.

구로의 영역은 넓다. 게다가 다른 고양이의 영역도 순찰해야 한다. 존이 부탁했기 때문이다. 구로는 존에게 은혜를 입었다.

구로에게는 정해진 식사 장소나 잠자리가 없다. 이 마을이 전부 자신의 집이라고 생각한다.

"점심은 어떡할까……."

구로의 머릿속에 다양한 메뉴가 떠올랐다. 고양이를 좋아하는 할머니가 준비해주는 공원의 캔 사료. 마음대로 드나들 수 있는 중국집 주방, 이탈리안 레스토랑 뒤편에 있는 쓰레기통…….

오늘은 오랜만에, 바삭바삭한 그곳으로 할까.

구로는 마음을 정하고 발걸음을 옮겼다.

역에서 멀어질수록 길이 넓어지고 높은 빌딩은 줄어든다. 이파리가 완전히 떨어진 나무들 사이를 빠져나오니 신사가 보였다.

신사 뒤로는 동일한 형태로 지은 주택이 죽 늘어서 있다. 어느 모퉁이를 돌아도, 어떤 길을 건너도 변함없는 경치가 계속되어 현기증이 난다. 다른 고양이가 접근하지 않을 만하다고 구로는 생각했다.

주택단지 중 한 곳이 구로의 목적지였다.

마지막으로 온 건 여름. 꽤 오랜만에 다시 찾아왔다. 젊은 고양이들 영역 다툼에서 눈을 뗄 수 없어서 좀처럼 찾아오기 힘들었다.

전에 왔을 때는 잔디가 파랬지만, 지금은 완전히 말라버렸다. 하지만 밟을 때의 감촉은 지금이 더 재미있다.

구로는 마른 잔디의 감촉을 충분히 즐기면서 주택과 주택 사이의 담벼락에 올라 플라스틱 간이차고 지붕으로 뛰었다. 그곳을 통해 2층 베란다로 이동했다.

베란다에는 빈 화분과 녹슨 원예도구가 널브러져 있었다. 시든 다육식물과 에어컨 실외기 사이에 알루미늄 접시가 놓여 있다.

구로는 실외기로 뛰어올라 방 안을 들여다보려고 했다. 커다란 꽃무늬 커튼이 쳐져 있다. 창문에 몸을 기대자 서늘하게 차가웠다.

"냐아 냐아."

애교 섞인 목소리를 내본다. 다른 고양이가 들었다가는 보스의 체면이 땅에 떨어지겠지만, 어떤 고양이도 이 주변에 다가오지 않을 터였다.

유리에 발을 대자 발바닥 모양이 묻었다. 창틀에도 먼지가 쌓여 있다. 오랫동안 열지 않은 모양이었다. 베란다의 식물도 전혀 관리하지 않은 것 같다.

"집에…… 없나?"

언제 와도 여성 두 명이 있어서 밥을 준비해주었는데…….

까악까악. 까마귀가 바보 취급하듯이 울어서 화가 났다. 알루미늄 접시에는 더러운 빗물이 담겨 있다. 다른 손님이 왔던 흔적도 없다.

크게 하품을 하고 미련이 남아 잠시 기다려봤지만 그들이 나올 기척은 없다. 오랜만에 왔는데 헛방이었다.

"나도 한가하지는 않아서……."

구로는 주린 배를 쥔 채 다른 영역을 돌아보기 위해 발을 옮겼다.

까마귀 울음소리가 시끄러워서 눈이 떠졌다.

실내 온도가 오르고 있다. 커다란 꽃무늬의 두꺼운 커튼 너머로 태양이 느껴진다.

지금이 낮인지 밤인지 바로는 알 수 없었다. 침대에서 기어 나온 모습이 거울에 비쳤다. 며칠을 입었는지 알 수 없는 구깃구깃한 잠옷. 머리도 푸석푸석했다. 부모님은 이미 일하러 나간 지 오래라 집 안이 고요했다.

아무것도 하지 않았는데 배는 고프다. 1층으로 내려와서 부엌으로 향했다.

랩으로 감싼 샌드위치가 식탁 위에 놓여 있지만 식욕이 생기지 않아서 냉장고를 열었다. 팩에 든 에클레어를 발견했다.

맛있다고 느낀 건 처음 한 입뿐. 달짝지근한 맛에 기분이 나빠져서 반도 못 먹고 버리고 말았다.

밖에서는 아직도 까마귀가 시끄럽게 울고 있다. 까마귀 수가 늘어난 걸까 하는 생각도 든다. 무리 지어 날아와 쓰레기라도 헤집고 있는 걸까. 누가 적당한 쓰레기를 밖에 내놓았을지도 모른다. 그렇다고 일부러 보러 갈 기력은 없었다. 이미 오랫동안 외출하지 않았다.

나는 몸을 끌면서 계단을 올랐다.

침대에 몸을 던지고 머리까지 이불을 덮은 뒤 태아처럼 몸을 말고 잠이 들었다.

짤랑. 방울 소리가 울렸다

초등학교 때의 마리가 내 방 안에 있었다.

마리의 손목에 찬 컬러풀한 팔찌에 방울이 달려 있다. 분명 저걸 '미산가'라고 불렀다. 자수실을 꼬아서 만드는 게 그 시절에 유행했다. 마리가 만든 미산가는 정말 예뻤는데, 나는 자수를 잘 못해서 내건 별로였다. 그래도 마리는 내가 만든 미산가에 기뻐해주었다. 미산가가 끊어지면 소원이 이루어진다고 했다.

"마리, 미안해."

나는 마리의 작은 손을 잡고 사과했다. 짤랑, 짤랑. 방울이 울린다.

"어쩔 수 없잖아, 아오이."

마리가 다정하게 웃어주었다.

마음이 놓이자 무언가 마시고 싶다는 생각이 들었다. 장면은 어느 틈에 처음에 다닌 회사의 탕비실로 바뀌었고 나는 손에 컵을 들고 있었다.

탕비실 안은 어두웠고, 나는 그곳에 무언가가 숨어 있다는 사실을 알았다. 그럼에도 밖으로 나갈 수 없었다.

"아오이!"

작은 마리가 구하러 와주었다.

"나는 괜찮으니 도망쳐, 아오이."

작은 마리가 어둠 속으로 뛰어든다. 나는 무서워서 도망친다.

나는 마리를 배신하고 말았다.

장면은 말라버린 수영장으로 바뀌었다. 수영장 바닥은 목욕탕처럼 작은 타일로 되어 있고, 물이 찔끔찔끔 흐르며, 여기저기 쓰레기 봉투가 널브러져 있고, 배수구 구멍에서는 쓰레기가 뿜어져 나왔다.

마리를 배신한 탓에 이런 곳에 오고 말았다.

"미안해, 마리……."

짤랑. 방울이 울렸다.

"아오이!"

다이빙대에 앉아 있는 마리가 보였다.

"아오이는 도망쳐도 돼."

마리가 그렇게 말하며 빙긋 웃는다.

"마리……."

마리가 용서해주었다. 구원받았다고 안도감이 드는 동시에 저건 거짓말이라는 마음이 샘솟는다. 이건 마리의 진심이 아니다. 내 마음이 나를 지키려 보여주는 꿈이라는 사실을 깨달았다.

수영장 바닥에 떨어진 젖은 신문지가 바스락바스락 살아 있는 것처럼 움직였다.

까마귀 소리에 잠에서 깼다.

밖에서 까마귀 울음소리가 들린다.

꿈속에서 마리를 만났다.

마리는 이제 이 세상에 없다.

"차라리 죽어버렸으면 좋겠어."

그렇게 말한 다음 날 마리는 급성심부전으로 세상을 떠났다.

마리 어머니가 마리 번호로 전화를 걸어와 그 사실을 알렸다. 급
성심부전이라는 건 병명도 아니고 원인도 아니다. 그저 심장이 멈춘
상태로 발견되었다는 사실을 나타낼 뿐이다.

마리는 원래 심장이 안 좋았다.

하지만 나는 안다. 마리는 내가 죽였다.

바로 마리에게 달려가려 했지만 집에서 한 걸음 밖으로 나온 순
간, 심장이 바스라질 것처럼 아파서 숨을 쉴 수 없었다. 빈혈이 온
것처럼 눈앞이 흐릿해져 일어설 수조차 없었다.

정신과 관련된 병인 것 같은데 병명 따위는 아무래도 상관없다.

나는 그 후 한 걸음도 밖으로 나갈 수 없게 되었다.

고타쓰 위에서 고개를 내밀자 엄마가 안에서 엉금엉금 나와 이불

위에 발라당 누웠다.

고타쓰 안에 있다가 몸이 데워지면 바깥 이불 위에서 몸을 식히고, 몸이 식으면 다시 고타쓰 안으로 들어가는 게 최고라고 엄마는 말했다.

"엄마, 이것 봐!"

이불 위에 누워 있는 엄마를 부른다.

"보고 있단다, 쿠키."

엄마는 수염과 귀를 쫑긋 세우고 나를 똑바로 보았다.

나는 엄마의 아이, 이름은 쿠키. 흰 털에 초콜릿색 줄무늬가 있는데 그 모양이 마블쿠키 같다며 레이나가 붙여준 이름이다. 쿠키가 뭔지는 잘 모르지만 보나 마나 멋질 것이다.

"지금 갈게."

말은 그렇게 했지만, 뛰어내리려면 마음의 준비가 필요하다. 고타쓰 위에서 앞뒤로 오가거나, 얼굴을 내밀어보거나, 뒤로 물러서거나. 그렇게 하니 점차 뛰어오를 용기가 모이기 시작했다.

그리고 나는 간신히 힘을 짜내서 폴짝 점프했다.

털퍽. 고타쓰의 이불 위, 엄마 옆에 착지.

"나 해냈어. 우와!"

"굉장해. 정말 잘했구나, 쿠키."

엄마가 기분 좋은 듯이 말했다.

엄마는 나를 붙잡고 온몸을 핥았다. 간지러우면서도 기분이 좋다.

나는 목을 가르릉거렸다.

"더 더 높은 곳에서 뛰어내릴 거야."

나는 엄마에게 머리 뒤쪽을 비비면서 말했다.

"그럼, 뛸 수 있고말고."

"천장이든 지붕이든 어디서든 뛸 수 있어."

분명 어디서든 뛸 수 있을 것이다.

이 집은 여기저기 점프할 만한 곳이 있다. 레이나의 그림도구나 쌓아둔 잡지 위, 열려 있는 벽장. 앞으로 엄마와 하나씩 정복해나갈 생각이다.

"그래. 그렇게 하자."

엄마가 다시 나를 핥았다.

내게는 네 마리의 형제가 있었는데 모두 다른 주인을 만나 떠났다. 레이나의 집에 남은 건 나 혼자뿐. 가장 작고 아팠기에 데려가는 사람이 없었다. 필요 없다는 말을 듣는 건 슬프지만 쭉 엄마와 함께인 건 기쁘다.

엄마와 함께 점프 연습을 하고 있는데 차가운 바람이 불어왔다. 집 문이 열려 있다.

"나 왔어."

레이나다.

집에 돌아오니 쿠키가 미미 뒤에 착 달라붙어서 걸어왔다.

미미가 냄새를 맡으면서 내 다리에 뒤통수를 비빈다.

"바깥 냄새 맡을래?"

그렇게 물어본다.

쿠키도 미미 흉내를 내며 내 냄새를 맡는다.

정말 새끼 고양이는 미칠 정도로 귀엽다. 쿠키를 보고 있으면 결심이 흔들리지만 분위기에 휩쓸려서는 안 된다.

나는 쿠키와 미미에 이끌려서 함께 고타쓰 안으로 들어갔다.

"쿠키를 받아줄 사람이 나타났어."

알아들었나 보다. 미미의 털이 곤두섰다.

미미는 약하고 작은 쿠키를 쭉 돌보고 싶었는지도 모른다. 그래도 역시 혼자서 고양이 두 마리를 기르는 건 쉽지 않다. 낮에는 직업전문학교에 가야 하고, 미대 입시 때문에 지방에 가야 할 때도 있다.

"있잖아, 미미. 근처라서 쿠키와는 언제든 만날 수 있어."

미미는 내 말을 무시하고 쿠키의 목덜미를 물어 들고는 고타쓰 안으로 숨어버렸다.

야옹. 고타쓰 안에서 쿠키 울음소리가 들렸다. 쿠키는 아직 이해 못 할 것이다.

미미만 나와서 내 다리에 고양이 펀치를 날렸다.

"이 아이는 아직 홀로서기에 일러."

마치 그렇게 말하는 듯했다.

다음 날 저녁, 쿠키를 데려갈 사람이 왔다. 근처에 사는 여성이다. 외할머니가 알아봐주었다. 정말 외할머니에게는 신세만 지고 있다.

그 여성은 엄마와 외할머니의 중간 정도 나이대로, 나이치고는 옷 취향이 좋았다.

그녀가 가져온 선물을 보고 나는 무심코 웃고 말았다.

"이 아이, 사실은 이름이 쿠키예요."

"어머, 그러니."

노부인이 기품 있게 웃었다. 부인이 들고 온 선물은 쿠키였다.

"그럼 나도 쿠키라고 불러야겠구나."

"이름은 자유롭게 붙이세요."

"마음에 드는구나. 쿠키라니 귀엽잖니."

느낌이 좋은 분이라 다행이다.

"고양이, 기른 적 있으시다고요?"

차를 끓이면서 혹시나 해서 확인했다.

"딸이 어렸을 적…… 벌써 십 년, 아니 이십 년 전인가. 죽었을 때 딸아이가 무척 울기에 그 뒤로 고양이는 기르지 않겠다고 다짐했지 만."

"처음이 아니라면 안심이에요."

나는 쿠키가 좋아하는 모포와 화장실용 모래를 비닐봉지에 담아서 노부인이 가져온 새 이동장에 넣었다. 쿠키는 흥미롭다는 듯 이동장 냄새를 맡더니 스스로 안으로 들어갔다. 참 손이 덜 가는 아이다.

노부인이 웅크리고 앉아서 미미와 마주 보았다.

"따님을 데려갈게요."

미미의 눈에 적의가 깃든다. 나는 황급히 미미를 감싸 안았다. 미미의 꼬리가 부풀기 시작한다. 상당히 화가 났다는 증거다.

"쿠키 네가 우리 집에 와주면 정말 좋겠구나."

노부인이 이동장 안에서 눈이 동그래진 쿠키에게 말을 걸었다.

미미는 내 품에서 뛰쳐나가 스크래처에 힘껏 발톱을 갈아댔다. 진정되지 않는 마음을 발산하는 모양이다.

노부인은 좋아하는 먹이나 화장실 훈련 방법 등에 대해 묻고는 쿠키를 데리고 집에서 떠났다.

야옹. 미미가 울었다.

"만나러 갈게, 쿠키."

냐아냐야 하며 쿠키가 애처롭게 울었다.

"꼭이야, 엄마. 약속이야, 엄마."

내게는 둘이 그런 식으로 대화하는 것처럼 들렸다.

마지막 새끼 고양이가 집을 떠났다.

"가버렸구나."

나는 살포시 미미의 등을 쓰다듬었다.

2

"조용하네……."

예전 집은 떠들썩했고, 항상 엄마나 레이나가 함께였다. 이 집에서는 나를 데리고 온 아줌마도 그 남편도 아침 일찍 밖으로 나가버린다. 돌아오는 건 밤늦은 시각이다.

외톨이가 된 나는 이 집에 온 뒤 얼마 동안은 줄곧 울었지만, 혼자 있는 것도 익숙해져서 간신히 탐색할 기력이 생겼다.

나는 잠시 계단을 오르내리며 놀았다. 레이나의 집에는 없던 계단이라는 게 상당히 재미있다.

그런 다음 물을 마시고, 바삭바삭한 고양이 사료를 먹은 뒤 뒹굴뒹굴할 곳을 찾는다.

나는 볕이 드는 장소를 찾아서 집의 2층을 탐험했다.

반쯤 열린 문으로 방에 들어갔다가 심장이 멈출 뻔했다.

불도 켜지 않은 방 안에 여성이 앉아 있었기 때문이다.

나는 털을 곤두세우며 네 다리로 펄쩍 뛰어올랐다. 그 소리가 그만 주의를 끌고 말았다. 긴 머리카락을 아무렇게나 묶은 여성이었다. 레이나가 잘 때 입었던 것 같은 옷을 입고 있었다.

커튼이 닫힌 커다란 꽃무늬 창문은 햇빛을 받아 희미하게 빛났다.

여자는 천천히 내 쪽을 보더니 "이리 나오렴"이라고 말했다.

그렇게 말한다고 나갈까 보냐.

과감하게 "넌 누구야"라고 물었다. 그럼에도 "이리 나오렴"이라고 말할 뿐이었다.

방 안은 레이나의 방과 분위기가 비슷했다. 하지만 이 방에 책이나 물품이 더 많았다.

냄새를 맡기 위해 다가갔다. 그녀에게서는 사냥감 냄새가 났다. 사냥당하는 쪽. 쇠약한 것의 냄새.

그녀가 나를 만진다. 손길이 닿자 그녀의 고통이 전해지는 것 같아서 만져지는 곳마다 얼얼하게 아팠다.

까아악!

창밖에서 큰 소리가 나서 나는 다시 네 발로 펄쩍 뛰어올랐다. 날갯짓 소리와 함께 커튼 너머로 커다란 새의 실루엣이 보였다.

이번에야말로 너무 깜짝 놀라서 방 안을 이리저리 뛰어다녔다. 어디든 좋으니 숨을 수 있는 곳! 책상 밑이나, 난방기구 뒤, 쌓인 잡지

사이를 전속력으로 내달렸다.

"그만해!"

갈라진 목소리로 그녀가 외쳤다.

나는 가장 높은 책장 꼭대기까지 올라서는 꼬리를 있는 힘껏 부풀렸다.

"내 방이……."

그녀가 얼굴을 감싼 채 울음을 터트렸다.

왜 우는 걸까.

정신을 차리니 더는 새의 실루엣이 보이지 않았다. 위험할 뻔했다. 나는 진정하려고 털을 고르기 시작했다.

내 발에 휘감긴 예쁜 천이 보였다. 은색 방울을 매단 고리 모양 끈이었다. 달리다가 어딘가에서 발에 걸렸나 보다.

나는 책장에서 내려와 울고 있는 그녀에게 다가갔다.

짤랑.

내가 걸을 때마다 방울이 울린다. 거슬린다.

"저기, 이것 좀 떼어주면 좋겠는데."

그녀는 울다가 나를 보고, 방울 달린 끈을 쥐더니 아까보다 더 심하게 울었다.

도무지 영문을 모르겠다.

"고마워. 찾아줘서 고마워."

그녀는 나를 껴안고 천천히 눈을 깜박였다. 그 동작이 나를 안심시켰다.

"쿠키."

나는 야옹, 하고 대답했다.

"쿠키. 나는 아오이야. 잘 부탁해."

그리고 아오이는 내게 물을 주었다.

손 안의 미산가를 바라보면서 꿈 같다고 생각했다.

고양이를 기르는 건 반대였다. 내 만화를 더럽히거나 하면 참을 수 없을 거라 생각했고, 내 병 치료를 위해서라는 속내가 빤히 보여서 싫었다. 인정하면 정말 병에 걸린 것 같기에.

하지만 이 아이, 쿠키가 마리의 미산가를 찾아내주었다. 오래전에 마리가 내 방에서 잃어버린 물건.

쿠키는 열심히 물을 핥고 있다.

마리는 고양이를 좋아했다.

그러고 보니 마리가 처음으로 우리 집에 올 때도 고양이가 보고 싶다는 말이 계기였다. 내가 태어나기 전부터 부모님이 기른 고양이 제시카는 할머니로, 항상 느긋했다. 제시카가 죽었을 때 나도 마리도 엉엉 울며 함께 화장터까지 따라갔던 기억이 있다.

그 후 엄마는 고양이를 기르고 싶어했지만, 나와 마리는 근처에 있는 길고양이에게 밥을 주면서 길들여보려 노력했다.

우리 집에는 더럽고 커다란 길고양이가 왔다. 이따금 와서는 베란다에서 사료를 먹었다. 먹는 모습이 다이내믹해서 꽤 볼만했다.

"고마워, 쿠키."

내가 그렇게 말하자 "야옹" 하고 쿠키가 대답했다.

아오이의 집은 2층 건물로, 세 사람이 산다. 아오이와 그 부모. 아빠 쪽은 내게 그다지 관심이 없다. 나도 그에게 관심이 없다. 엄마 쪽은 나를 집에 데리고 온 사람. 내게 제대로 인사를 하니 나도 마음이 내키면 야옹 하고 울어준다. 그 엄마는 점심 때 한 번 돌아와서 아오이의 식사를 만들고는 황급히 다시 나간다.

아오이는 점심 무렵 일어나서 묵묵히 그 밥을 먹는다. 물론 그전에 내 밥을 준비해준다.

그러니 내 주인은 아오이, 나는 그녀의 고양이……라고 생각한다.

아오이는 온종일 집 안에만 머무는데, 살았는지 죽었는지 알 수 없는 얼굴을 하고 있을 때가 많다. 아오이의 방은 즐거워 보이는 것들로 가득하지만 그녀가 노는 모습을 본 적이 없다.

놀자고 해도 아오이는 나를 멍하니 바라만 볼 뿐 좀처럼 함께 놀아주지 않는다.

그러면서도 결코 내가 바깥에 나가게 두지는 않는다.

아오이는 대부분의 시간 동안 침대 안에서 눈을 감고 있고, 우리 고양이와 비슷할 정도로 잘 잤다. 고양이와 다른 점은 이따금 눈물을 흘린다는 것. 계속 울면 눈 밑이 눈물로 얼룩져서 흉해진다고 엄마에게 배웠다. 일단 아오이에게도 알려주었지만 알아들었는지는 모르겠다.

아오이가 왜 그렇게 슬픈지도 모른다.

나는 이따금 엄마가 보고 싶어서 울지만 아오이처럼 언제까지고 슬퍼하지는 않는다.

아오이를 보면 이따금 숨이 막힐 때가 있다.

나는 조용한 방 안에서 숨을 죽인 채, 태어나 처음 맞는 겨울을 보냈다.

3

순식간에 봄이 되었다.

겨울 동안은 밤에 거의 잠들지 못했다. 밤새도록 아침이 되면 밖에 나갈 생각으로 가득한데, 정작 해가 뜨면 바깥에 나갈 생각만으로 엄청나게 불안해진다. 다시 심장이 꽉 조일 듯한 통증이 날 덮치면 어쩌지. 숨을 쉴 수 없게 되면 어쩌지. 밖으로 나가려 하는 것만으로 온몸이 움직일 수 없게 된다. 죽을 것 같은 공포를 느낀다.

그래도 밖에 나가고 싶어서 집에서 할 수 있는 걸 조금씩 줄였다. 집에서 할 수 있는 게 없다면 밖으로 나갈 수 있을지도 모르니까.

휴대전화를 버리고, 텔레비전을 버리고, 책과 만화도 버렸다.

이렇게 가벼워졌는데도 나는 움직이지 못한다.

마리도 부모님도 볼 낯이 없어서 나 자신을 책망할 뿐이다.

최근에는 식사를 혼자 하는 일이 많아졌다. 아무에게도 나를 보이고 싶지 않다.

초조함에 짓눌려 죽을 것 같은데 어떻게도 되지 않는다.

마리는 더는 꿈에도 나타나지 않는다.

환상조차 나를 버렸다.

봄이 되자 벚꽃이 피었다. 나는 이렇게 예쁜 걸 처음 보았다.

항상 커튼을 쳐놓던 아오이도 이때만큼은 커튼을 걷고 나랑 나란히 벚꽃을 구경했다.

베란다에서 기척이 느껴졌다.

"선제공격이다!"

그렇게 외치며 위협해본다. 유리문 너머에는 크고 뚱뚱하고 지저분한 수고양이가 있었다.

"나와 한판 붙을 생각이냐?"

그 녀석은 그렇게 말하며 위협했다.

"물론이지. 덤벼봐."

유리를 탕탕 쳤다. 유리 너머라면 그 무엇도 무섭지 않다. 건너편에 아무리 강한 녀석이 있어도 절대로 안전하니까.

"부모 자식 모두 건방지군."

뚱뚱한 고양이가 그렇게 말했다.

"엄마는 건방지지 않아."

엄마 험담을 해서 약간 울컥했다.

"어미 쪽이 아니라 아비 말이다."

"아빠를 알아?"

"나는 뭐든 알지."

"그렇다면 묻고 싶은 게 있어."

"아비 말이냐?"

"아니."

아빠에 대한 건 엄마에게 많이 들어서 알고 있다.

"아오이에 대해서. 나는 아오이의 고양이인데, 아오이는 어떻게 하면 건강해질 수 있어?"

"그딴 건 몰라."

"뭐든 알고 있다고 했잖아. 거짓말쟁이."

"말 많은 꼬맹이로군……."

뚱뚱한 고양이가 나를 노려보았을 때 갑자기 아오이가 유리문을 열었다.

아오이! 대체 무슨 짓을 하는 거야!

나는 깜짝 놀라서 황급히 뛰어 책상 뒤로 숨었다. 무언가에 걸리는 바람에 아오이의 물건을 어지럽히고 말았다.

뚱뚱한 고양이가 씨익 웃었다. 아오이는 '바삭바삭'을 베란다의 알루미늄 접시에 담았다. 뚱뚱한 고양이가 덤비듯이 접시로 달려들었다.

그 먹성은 반할 정도였다.

"배가 고팠거든."

뚱뚱한 고양이는 내 질문에는 대답도 하지 않고 바삭바삭을 걸신들린 것처럼 먹었다. 그런 후 입 주위를 날름 핥더니 "밥에 대한 답례. 물어봐주지"라고 말했다.

"물어보다니? 넌 아오이와 이야기할 수 있어?"

나는 깜짝 놀라 물었다.

"존에게 물을 거야. 존은 뭐든 알고 있지."

뚱뚱한 고양이는 그렇게 말하고 베란다 난간으로 뛰어올랐다. 커다란 등 너머로 목만이 이쪽을 향했다.

"내 이름은 구로. 이 동네에서 살 거라면 보스의 이름 정도는 기억해둬."

"뭘 폼 잡고 그래."

구로가 떠난 뒤, 내가 어지럽힌 방을 아오이가 정리하는 걸 바라보았다. 물건 중에는 레이나가 갖고 있던 것 같은, 그림 그리는 도구가 있었다.

레이나는 항상 그림을 그렸는데 이 방에서 아오이가 그림 그리는 건 본 적이 없다. 언젠가 그려주면 좋을 텐데.

나를 찾아오는 건 구로나 까마귀만이 아니다.

엄마의 남자친구인 초비라는 흰 수고양이가 이따금 나를 살피러 와준다.

"안녕, 쿠키."

초비 아저씨는 항상 부드럽고 신사적이다.

"초비 아저씨, 안녕하세요. 엄마는 잘 지내요?"

"잘 지내. 근데 요전에 말이지, 몸 오른쪽을 분홍빛 물감으로 물들였더라."

그 모습을 상상한 나와 초비 아저씨는 킥킥 웃었다.

길고양이 구로는 남의 말을 듣지 않아서 싫지만 초비 아저씨는 내 이야기를 제대로 들어줘서 좋다.

엄마는 결혼할 거라면 사냥 잘하는 고양이를 선택하라고 했다. 나는 초비 아저씨 같은 고양이가 좋다.

4

여름이 왔고, 마리의 일주기가 코앞으로 다가왔다.

내가 마리를 죽인 지 일 년.

"안 간다고 했잖아!"

나는 절규했다. 오랫동안 큰 소리를 낸 적이 없어서 목소리가 갈라졌다.

"가렴."

엄마의 표정은 딱딱했다.

"안 가."

"너 언제까지 그러고 있을 거니."

엄마의 주장은 옳다. 나도 안다. 머리로는 알지만 감정을 제어할 수가 없다.

"시끄러워!"

"마리의 일주기잖니. 너, 장례식도 안 갔고 성묘도 안 갔잖아."

전부, 전부 다 안다. 나 역시 가고 싶다. 제대로, 깨끗이 전부 결판을 내고 싶다. 비석 앞에서 사죄하고 싶다.

"나가!"

하지만 도저히 안 된다.

나는 몸을 부딪치듯이 방에서 엄마를 쫓아냈다. 세차게 문을 닫았다. 쿠키가 몸을 움츠렸다.

문 너머에서 엄마가 아직도 뭐라고 했지만 나는 말이 되지 않는 절규로 그 말을 가로막았다.

이윽고 엄마가 계단을 내려가는 소리가 들렸다. 지친 발소리였다.

눈물이 흘러넘쳐서 멈추지 않았다.

아오이의 몸에 무슨 일이 일어났는지 구로와 아오이 양쪽에게 들었다.

"마리의 성묘도 못 하고 마리의 집에도 못 가. 그런데 밖에 나갈 수가 없어."

아오이는 울면서 그렇게 말했다.

이 방이 아오이에게 기분 좋은 곳이라서 나가지 않는 게 아니다.

나갈 수 없는 것이다. 아무리 쾌적하고 안락한 장소라 해도 같은 곳에 계속 있는 건 쉽지 않은 일이다.

침대 위에서 아오이는 오랫동안 울었다. 어떻게든 위로하려 했지만 아오이는 자기 안에 틀어박히고 말았다.

찢어지는 듯한 까마귀 울음소리가 들려오자 아오이는 몸을 움츠렸다.

베란다에 까마귀가 모여든다. 한 마리, 두 마리, 잔뜩.

나는 그 울음소리의 의미를 바로 이해했다.

분명 아오이가 죽으면 먹으려는 거다.

그렇구나. 이 세상에는 나보다 약한 게 존재하는구나.

내 안에 지금까지 느낀 적 없는 감정이 싹 텄다.

아오이를 지킬 거야. 나는 각오를 굳혔다.

하악!

힘껏 외치며 커튼에 비치는 그림자에게 달려들었다.

유리창에 부딪치자 상상했던 것보다 큰 소리가 났다. 까마귀도 놀랐을 것이다. 날갯짓 소리와 함께 도망쳤다.

"괜찮니, 쿠키?"

본때를 보여주어 후련한 마음과 아오이가 걱정되는 마음. 가슴 속에서 끓어오르는 두 가지 감정을 어쩌지 못한 채 나는 아오이의 방 안을 빙글빙글 계속 돌았다.

5

가을이 왔다. 나무들이 잎을 떨어뜨리듯이 아오이는 야위고 기력
이 쇠했으며 어머니와의 말다툼도 잦아졌다.

종일 침대에서 일어나지 않을 때도 있었다. 나는 그런 때 마음대
로 바삭바삭을 먹는 방법을 발견했다.

가을 저녁 무렵, 평소와는 다른 시간에 초비 아저씨가 왔다.

"저기, 쿠키. 말 꺼내기도 힘든 일이긴 한데 미미가 좀 안 좋아."

"엄마가요?"

"미미는 널 만나고 싶어해."

"하지만 밖에 내보내주지 않는걸요."

"그러게. 뭔가 하고 싶은 말이 있으면 미미에게 전해줄게."

곰곰이 생각했지만 딱히 어떤 말이 떠오르지는 않았다.

"힘내라고 전해주세요."

"알았어. 미미도 기뻐할 거야."

아오이가 일어났다. 초비 아저씨는 그 모습에 곧장 사라졌다.

"아오이. 나, 엄마를 만나고 싶어. 병문안 가고 싶어."

아오이는 잠자코 내 털을 쓰다듬었다. 아오이 손목에 감긴 미산가의 방울이 짤랑짤랑 울렸다.

아오이에게 내 말은 통하지 않는다. 아오이는 내게서 떨어지려 하지 않는다.

나는 왠지 화가 났다. 미산가를 물고는 힘껏 잡아당겼다.

"안 돼. 그만둬, 쿠키!"

아오이가 외쳤다.

"왜 이러는 거야."

부탁이야, 아오이. 엄마에게 가보고 싶어.

"그만둬. 나가!"

아오이는 내게서 미산가를 빼앗더니 이불 속으로 파고들어갔다.

나는 혼자서 엄마를 만나러 가기로 결심했다.

점심 때 잠깐 돌아온 아오이의 엄마가 세탁물을 걸 때 살짝 빠져나와서 지붕 위로 올라갔다.

"나는 천장이든 지붕이든 어디서든 뛸 수 있어."

엄마에게 그렇게 말한 일이 기억났다.

"그럼, 분명 뛸 수 있고말고."

엄마 목소리가 들린 듯했다. 나는 마음을 굳히고 하늘로 몸을 날렸다.

쿠키가 도망치고 말았다.

분명 내 탓이다.

나가라고 했으니까.

줄곧 집 안에서만 산 고양이는 바깥세상에서 살아갈 수 없다. 전에 기르던 고양이 제시카도 밖으로 도망쳤다가 집 바로 근처에서 차에 치인 채로 발견되었다.

쿠키는 근처 지리를 모른다. 그러니 이제 돌아올 수 없다.

상황이 이런데 부모님은 일하러 나가셨다.

구하러 가야 해.

하지만 몸이 움직여주질 않는다. 마음도 몸도 나로서는 어떻게 할 수가 없다.

마리의 일주기에 가지 않은 일 때문에 내 어딘가가 결정적으로 망가지고 말았다.

지금의 나는 숨만 쉬고 있는 존재다.

어쩌지.

어쩌고 말고 할 것도 없다. 떨면서 이불을 덮을 뿐.

마리, 마리, 부탁이야, 도와줘.

천장이 없는 세상.

뻥 뚫린 푸른 하늘을 올려다보자 빨려들 것 같아서 미칠 듯이 두려웠다. 되도록 하늘을 쳐다보지 않으며 달렸다.

달리고 달리다가 그제야 알아차렸다. 세상이란 내 생각과 다르다는 걸. 세상의 크기는 내 상상을 훌쩍 뛰어넘었다.

무서워.

아오이도 분명 이걸 두려워했던 거야.

밖으로 나와 잠깐 달리면 엄마가 있는 데 닿을 거라고 생각했다. 초비 아저씨나 구로는 항상 별일 아닌 듯이 찾아왔으니까.

다른 고양이 냄새가 났다.

갑자기 무서워져서 냄새에서 도망치기 위해 힘껏 내달렸다.

나를 지켜주는 건 세상 어디에도 없다.

세상이 이렇게 넓고 복잡한지 몰랐다.

본 적 없는 길을 달리고 달리다가 지쳐 키 큰 나무 아래에서 한숨 돌리기로 했다. 그게 실수였다.

누가 있다. 알아차렸을 때는 이미 늦었다. 내 앞에 커다란 수고양이가 나타났다.

"나가."

얼어붙을 정도로 차가운 목소리였다.

"잠깐만."

수고양이가 예리한 발톱을 내밀고 날 덮쳤다. 나는 황급히 피했지만 발톱에 꼬리 밑동을 긁혔다.

나 자신이 한심하고 꼬리가 아파서 계속 도망쳤다. 어느 순간 여기가 어디인지 알 수 없게 되었다. 나는 과연 집에 돌아갈 수 있을까……

그렇게 생각하니 울고 싶어졌지만 참았다. 방금 그 고양이가 울음소리를 듣고 찾아오면 싫으니까.

몇 번이나 생각하고 또 생각했다.

그때 바로 마리를 만나 "심한 말을 해서 미안해"라고 사과했다면 마리는 죽지 않았을지도 모른다.

내가 바로 움직였다면 변했을지도 모른다.

더는 같은 일을 반복하고 싶지 않다.

내가 가면 쿠키를 구할 수 있을지도 모른다.

더는 죽게 하고 싶지 않다.

구하러 가야 해.

쿠키는 그때 까마귀에게서 날 구해주었다.

이번에는 내가 도울 차례다.

침대에서 내려와 상의를 걸쳤다.

마리, 힘을 빌려줘. 이기적인 내 소원이지만.

짤랑. 마리의 미산가가 용기를 주었다. 집 안에서는 자유롭게 움직일 수 있다. 내 몸은 아무렇지도 않다. 괜찮아.

이번에야말로 밖에 나갈 수 있다.

지금까지 없던 자신감을 갖고 현관문을 살짝 연다.

그 순간 마음이 꺾였다. 다리에 힘이 빠진다.

단 한 걸음을 내딛지 못한다. 집 안에서의 한 걸음과 다름이 없을 텐데.

마치 현관 밖은 진공 상태인 것 같다. 숨을 쉴 수 없다.

틀렸어. 밖으로 못 나가겠어.

눈앞이 캄캄해졌다. 문이 닫힌다. 비틀거리듯이 웅크린다.

그때 무언가가 부자연스럽게 오른팔을 잡아당겼다.

짤랑.

미산가가 문손잡이에 걸려서 벗겨진다.

안 돼.

웅크리며 미산가를 잡으려고 손을 뻗다가 문에 몸을 부딪치는 형태가 되었다.

짤랑.

손 안에서 미산가가 느껴진다.

나는 미산가를 잡으려고 한 걸음을 내딛고 말았다.

정신을 차리고 보니 한 쪽 발이 문밖으로 나가 있었다.

온몸에 핏기가 가신다. 괜찮아. 내게는 마리의 미산가가 있어.

손 안의 미산가는 줄이 끊어진 상태였다.

그렇구나. 소원이 이루어진 거야. 마리의 미산가가 내 소원을 들어준 거야.

이제 밖으로 나갈 수 있어.

집 밖으로 한 걸음 내디딘다. 이번에는 내 의지로. 양발이 집 밖으로 나왔다.

그곳에는 천장 없는 세상이 펼쳐져 있었다.

마리, 고마워.

나는 자신감을 갖고 발을 내디뎠다.

기다려, 쿠키.

강변을 터덜터덜 걷는다. 해가 떨어진다.

내 그림자가 기분 나쁠 정도로 길게 뻗는다.

어둡고, 춥고, 무섭다. 까마귀 울음소리가 들릴 때마다 겁을 집어 먹고 몸을 숨긴다. 불안해서 미칠 것 같다.

지치고 배고파서 집에 돌아가는 것보다도 먹을 걸 찾아 헤매기 바빴다. 스스로 사냥하는 방법은 모르고, 어디에 먹이가 있는지도 모른다. 그러니 닥치는 대로 걸을 수밖에 없었다.

문득 맛있는 냄새가 났다. 밥과 생선국물 냄새. 냄새가 나는 곳을 향해 곧장 가니, 도기 접시 위에 식사가 놓여 있었다. 여러 가지를 섞은 뒤 가다랑어포를 얹은 밥. 딱 먹기 좋을 만큼 식었다.

다른 고양이의 먹이일지도 모른다. 하지만 상관없다. 정신없이 달려든다. 지금까지 이렇게 맛있는 밥은 먹어본 적이 없다.

"그건 내 밥이다."

뒤에서 들려온 목소리에 심장이 멈출 뻔했다. 마지막으로 한입 가득 밥을 물고 조심스럽게 뒤돌아보았다.

엄청나게 크고 살찐 길고양이가 있었다. 나는 꿀꺽 밥을 삼켰다.

"구로."

"기억하고 있었나, 미미의 딸."

"내 이름은 쿠키야."

"너도 버림받았나."

"아니야! 아오이는 날 버리지 않아."

"그럼 어떻게 된 거지."

"엄마를 만나려고 산책 나왔어."

한껏 허세를 부리며 말했다.

"산책이라 이거지."

구로가 의미심장하게 웃는다.

"뭐야."

"따라와."

구로가 바로 발을 옮겼다. 어쩔 수 없이 그 뒤를 따랐다.

"구로도 엄마에게 반했어?"

구로가 아무 말 없기에 물어보았다.

"무슨 소리야."

"이 주변의 고양이는 다들 엄마에게 반했다던데."

"네 엄마는 착각이 심하군."

"그러면……."

"됐고 잠자코 따라오기나 해."

나는 구로 덕분에 안심해서 말이 많아졌지만, 구로는 그 뒤로 무슨 말을 해도 대꾸하지 않았다.

많이 걸어서 발이 아프기 시작했을 무렵 그리운 냄새가 점차 강해졌다.

마른 잎 냄새, 송진 같은 기름 냄새……. 레이나가 그림 그릴 때 사용하는 기름 냄새다.

나는 구로를 제치고 달려나갔다.

해는 떨어졌지만 잘못 볼 리가 없다. 엄마와 레이나의 집.

나는 숨을 크게 마시고 야옹 하고 울었다.

대답은 없다.

"엄마도 레이나도 없어."

"설마…… 벌써……."

구로가 인상을 찌푸렸다.

"그런 말 하지 마!"

가슴속에서 두려운 생각이 일었다. 더는 엄마를 만나지 못할지도 모른다.

"쿠키!"

날 부르는 소리가 들렸다. 이 목소리는…….

"아오이!"

나는 있는 힘껏 외쳤다.

"쿠키!"

아오이의 모습이 보였다. 데리러 올 줄은 상상도 못했다.

잠옷에 상의를 걸치고 맨발에 샌들 차림이었다.

나는 아오이의 가슴팍으로 뛰어들었다.

아오이는 나를 보자마자 큰 소리로 울었다.

"다행이야, 아오이. 이제 밖에 나올 수 있게 되었네."

나는 기뻐서 야옹 울었다.

"잘됐군."

구로는 그렇게 말하고 달려갔다. 다음번에 우리 집에 오면 아오이에게 말해서 진수성찬을 대접해야겠다.

차가 다가오는 소리가 들렸다. 택시다.

택시에서 레이나가 이동장을 안고 내렸다.

"레이나!"

레이나는 내가 지금까지 본 적 없을 정도로 깜짝 놀랐다.

"쿠키?"

나는 다시 한 번, 더 큰 소리로 야옹 울었다.

"아, 저기 저는 쿠키의……."

"보호자이시죠? 문병 오셨군요. 들어오세요."

레이나가 그렇게 말하고 집 문을 열었다.

"엄마는? 응?"

나는 레이나에게 물었다.

"진정해. 금방 만날 수 있으니까."

레이나의 집에서 나는 엄마와 재회했다.

이동장에서 나온 엄마는 목 주위에 크고 볼품없는 옷깃을 두른 채 뒷다리에는 붕대를 감고 있었다. 엄마가 이렇게 작았다니 상상도 못 했다.

"쿠키, 많이 컸구나."

엄마는 약해 보였지만 목소리는 또렷했다.

"엄마, 이젠 괜찮을 거야."

"고맙구나."

나는 엄마가 항상 그랬듯이 엄마의 냄새를 맡고 털을 핥아주었다.

그러다 엄마가 잠들었다.

나와 아오이와 레이나는 셋이서 엄마를 물끄러미 바라보았다.

"금방 좋아질 거예요."

레이나가 말하자 "네" 하고 아오이가 대답했다.

せかいの体温

4화

세상의 체온

1

여름의 아침.

따가운 햇볕을 피해 선선한 담벼락 위에 웅크린 구로는 '때'를 기다렸다. 멀리서 미세하게 라디오 체조 방송_{매일 아침 정해진 시간대에 라디오로} 송출되는 일본의 국민 체조이 들렸다.

구로는 사냥을 위해서라면 얼마든지 끈기 있게 기다릴 수 있다.

이윽고 사냥감이 나타났다.

접시 위에 가득 담긴 고기 완자.

나이 든 여성은 그 접시를 개집 앞에 두었다.

사냥 시간이다.

구로는 거구를 하늘로 날렸다. 공중에서 빙글 회전해서 네 발로 땅을 붙잡는다. 온몸으로 충격을 흡수하고, 그 반동으로 몸을 앞으로 내민다.

사냥감은 코앞이다.

하지만 '적'의 반응도 재빨랐다. 개집 안에서 커다란 그림자가 고기 완자가 든 접시 위로 날아들었다.

구로가 고기 완자를 노렸다면 적에게 붙잡혔을 것이다. 하지만 구로가 노린 건 고기 완자 옆의 물이 든 접시였다. 몸을 거의 옆으로 뉘어 앞발로 수면을 챈다. 호를 그리며 물보라가 일었다. 적은 얼굴에 물을 맞고 눈을 찡그렸다.

구로는 그 틈에 고기 완자 하나를 입에 넣었다.

맛있다.

"훌륭해. 한 방 먹었군."

존이 그렇게 말하고 자신도 천천히 고기 완자를 입에 물었다.

존의 칭찬으로 구로는 기분이 좋아졌다. 보스 고양이 구로와 개 존은 오랫동안 알고 지낸 사이다. 그 시간의 대부분은 구로가 어떻게 존의 먹이를 빼앗는가 하는 싸움이었다.

"나도 늙었군. 구로에게 당할 줄이야."

"내가 강해진 거다."

처음에는 진짜로 적이었지만 지금은 서로 호적수로 인정할뿐더러 존경하는 마음까지 있다.

인간이 만드는 밥은 염분이 많지만, 존의 주인은 소재의 맛을 살리는 방법을 잘 알고 있었다. 요리를 한 나이 든 여성은 구로와 존이 나란히 먹이 먹는 모습을 미소 띤 얼굴로 바라보았다.

배가 찬 구로는 개집이 만드는 그늘에 누웠다.

"동물이 왜 먹이를 먹는지 알아?"

존도 식사를 마치고 앞발을 베개 삼아 엎드리면서 말했다.

"배가 고프기 때문이겠지."

구로는 당연한 걸 묻는다고 생각했다.

"그렇다면 왜 배가 고프지?"

"살아 있기 때문이지."

"바로 그거야."

존이 기쁜 듯이 꼬리를 흔든다.

"먼 옛날, 전혀 식사를 하지 않는 생물이 번영한 적이 있었어."

"움직이지 않아도 밥을 먹을 수 있는 건가. 천국이군."

"천국? 그거 좋군."

존이 웃었다.

존은 천국에서 쫓겨난 생물 이야기를 해주었다.

움직이지 않아도 밥을 먹을 수 있고, 누구와도 싸울 일 없이 평화롭게 언제까지나 행복하게 살아갈 수 있는 영역. 그곳이 천국이다.

오래전 과거에 그런 시절이 아주 잠깐 있었다. 인간도 고양이도 개도 나무도 아니고, 식물도 동물도 아닌 나뭇잎 같은 형태의 생물이 지구상을 뒤덮을 정도로 번성했다.

지구상 생물은 단 한 종류뿐. 나뭇잎 모양의 그 생물은 바닷속 물질을 분해해서 힘을 얻었기 때문에 먹고 먹히는 연쇄 같은 건 전혀 없었다.

　"그렇다면 그 녀석들은 뭘 하면서 산 거야?"
　구로가 물었다.
　"아무것도 하지 않았어. 그저 계속 존재했을 뿐. 그런 행복한 시절이 얼마간 지속되었지."
　"그 녀석들은 지금 어떻게 됐지?"
　"멸종됐어. 새로운 생물이 나타나서 순식간에 멸망했지."
　존이 조용히 말했다.

　그 후 지구에는 지금까지의 일을 반성하기라도 하듯이 엄청나게 많은 종류의 생물이 나타났다. 수많은 생물은 하나같이 살아남으려 발버둥치고, 서로 경쟁하고, 서로 먹었다. 수많은 생물이 서로 죽고 죽이는 지옥이 제대로 된 세상이고, 반대로 나뭇잎 생물의 천국은 문제인 이유는 두 가지다.
　다양성과 경쟁이다.
　다양성 없이 경직된 상태에서는 아주 사소한 이유만으로도 멸종하고 만다.
　종과 종 사이의 경쟁이 없으면 더 뛰어난(환경에 맞는) 생물이 나타나지 않는다.

"거기까지 가버리면 뭔 소린지 알 수가 없어."

하암. 구로가 크게 하품을 했다.

"간단히 말해 천국이라는 건 오래 지속되지 않는다는 말이야."

"잘 모르겠어. 거봐 꼴좋네, 같은 건가."

"바로 그렇지."

"존은 많은 걸 아는구나."

"본래 생물은 생물이 지구에 탄생한 뒤 지금까지 있었던 일을 전부 알고 있어야 해. 다들 잊어버렸지만 나는 기억하지. 그뿐이야."

"그런 건가."

구로는 이런 식으로 존과 대화하는 게 좋았다. 보스 고양이 구로에게는 마음을 터놓을 고양이가 없다. 존은 구로의 영역에는 흥미가 없는 데다 여러 사실을 알고 있기 때문에 대화 상대로 제격이었다.

"구로, 너는 네가 언제 죽을지 알고 싶지 않아?"

존은 이따금 엉뚱한 소리를 한다.

"관심 없어."

진심이었다. 내일보다 더 이후의 일 같은 데 구로는 관심 없었다.

"너라면 그렇게 말할 거라고 생각했어."

존이 기쁜 듯이 말했다.

"우리는 언제 죽어도 이상하지 않아. 아직 새파란 녀석들이 저녁에 배탈이 났나 했더니, 다음 날 아침에 죽어 있는 걸 몇 번이나 봤지. 차에 치여 납작해진 녀석도 있었고."

구로 입장에서 고양이가 금방 죽어버리는 건 당연한 일이었다.

"그런가 하면 스스로 먹이를 먹을 수 없을 정도로 크게 다쳤으면서도 지금은 건강한 얼굴로 걸어 다니는 고양이도 있고."

"미미 말인가. 그녀는 정말 대단해."

존은 눈을 감고 잠시 생각에 잠겨 있다가 이윽고 입을 열었다.

"나는 이제 멀지 않았어."

숨겨둔 비밀을 말하는 것 같은 말투였다. 구로는 떡 벌린 입을 다무는 걸 잊어버렸을 만큼 깜짝 놀랐다.

"턱이 빠졌나."

"네 재미없는 농담 때문이야."

"농담이 아니야."

존의 눈은 진지했다.

"그건…… 좀 곤란한데."

구로가 진심으로 그렇게 말했다.

"그렇게 말해주니 기쁘군."

"밥이 없어지기 때문이야."

구로가 얼버무리자 존이 웃었다.

"하지만 존, 너는 멀쩡하잖아."

"인간은 죽는 걸 정말 두려워하지……."

존이 화제를 돌렸다.

"인간만이 아니야. 우리 개나 고양이가 죽는 것도 두려워해."

"인간은 이상해."

"나는 이 집에서 노인이 죽는 걸 몇 번이나 봤어."

"너는 오래 살았으니까."

구로는 하나의 가능성을 떠올렸다.

"그래서 죽는 게 두려워졌나."

"죽는 건 두렵지 않아. 잠드는 것과 무엇 하나 다를 게 없지. 우리는 매일 밤 죽는 연습을 하고 있으니까."

그런 후 힘든 듯이 말을 이었다.

"하지만…… '그녀'가 걱정이야."

"그녀?"

존은 정원에 접한 방에서 세탁물을 개는 여성을 보았다. 존의 주인이다. 몸놀림은 아직 정정했지만 희끗희끗한 머리가 눈에 띈다.

"시노 씨야."

존이 소개했다. 눈이 마주치자 시노가 미소를 지으며 일어섰다.

"네 연인이냐."

"하하하. 유감스럽지만 시노 씨에게는 남편이 있어. 지금은 함께 살지 않지만."

구로는 다가오는 시노에게서 천천히 거리를 두었다.

"성가신 사정이 있는 듯하군."

시노가 개집 앞의 빈 접시를 들었다.

"일은 하지 않아?"

"전에는 했어. 멋진 정장을 입고. 정말 멋졌지. 하지만 그만뒀어."

"흐음."

구로는 존과 달리 인간의 삶에는 관심이 없다.

"이렇게 넓은 집에 혼자 살아?"

"그래. 전에는 몸을 움직이지 못하는 노인과 함께 살면서 그 노인을 돌보았지."

"노인 같은 건 그냥 내버려두면 될 텐데."

"내버려두면 죽으니까."

"자기 힘으로 살아가지 못하는 녀석을 왜 돌보는지 모르겠어."

구로가 그렇게 말하고는 크게 하품했다.

"그녀는 자신의 인생을 바쳤어. 천천히 죽어가는 노인을 돌보는 일에 말이야."

구로는 그제야 존이 무슨 말을 하려는지 알 것 같았다.

"너는 말을 너무 빙 돌려서 해. 요컨대 그 늙은이처럼 되고 싶지 않다는 거지?"

"그래."

존은 그렇게 말하고는 눈을 감고 잠들었다. 구로도 존 옆에서 잠이 들었다.

2

"물이, 가득, 찼습니다."

멜로디가 울리더니 전자 음성이 목욕 준비가 되었다는 사실을 알렸다.

"네."

시노는 기계를 상대로 대답하면서 텔레비전 앞에서 일어섰다. 배리어프리로 리폼한 덕에 탈의실까지 단 하나의 턱도 없고, 욕실은 손잡이로 가득하다.

시노에게는 아직 필요 없지만 있으면 있는 대로 안심이 된다.

불을 끈 채로 욕조에 들어가 천천히 몸을 담근다.

동거했던 시어머니는 전기세를 아끼라고 닦달했다. 지금 생각하면 집에 들어온 외부인에 대한 방어 작용이었을 것이다. 이쪽도 고

집을 부렸지만 결국 불을 끈 채로 목욕하는 게 습관이 되었다.

그 정도 시집살이는 간병이 필요해진 이후의 시어머니 언동에 비하면 귀여울 정도였다.

"하아" 하고 길게 한숨을 내쉰다.

천창으로 달빛이 비친다. 양손으로 뜨거운 물을 퍼 올리니 손 안에 달이 떠오른다. 미소가 절로 나온다.

'이런 일로 즐거워하다니 나도 참 쉬운 사람이야.'

욕조에서 나와 잠옷으로 갈아입는다. 툇마루에서 미적지근한 밤바람을 맞고 있으려니 유성이 보였다.

시노는 바로 소원을 빌려다 자신에게 아무런 소망도 없다는 사실을 깨달았다.

달이 아름다운 밤이었다. 늦은 밤이다 보니 젊은이들의 큰 목소리도, 국도를 오가는 자동차 소리도 줄어서 거리는 고요를 되찾았다.

구로가 존과 시노의 집에 도착했을 때 정원에는 이미 수많은 고양이가 모여 있었다. 거리의 자유로운 고양이들이다. 구로는 거기서 초비의 모습을 발견했다. 구로를 본 고양이들이 보스 고양이에게 경의를 표하며 자리를 비워주었다. 구로는 개집 앞에 진을 쳤다.

이윽고 개집 안에서 존이 슬렁슬렁 걸어 나와 느긋한 동작으로 고양이들을 돌아보았다.

"드디어 때가 되었군. 오늘 밤, 나는 사라진다."

존이 엄숙하게 선언했다.

말로는 나오지 못한 목소리가 존을 둘러싼 고양이들 사이에 번져 나가자 구로가 잠자코 고개를 끄덕였다.

"쓸쓸해질 거야, 존."

초비가 여러 감정이 섞인 묘한 표정으로 말했다.

고양이들이 각자 존에게 이별을 고했다. 이 거리의 고양이에게 존은 만물박사이자 좋은 상담사였다. 영역을 관리해서 고양이 간의 쓸모없는 다툼을 줄이기도 했다.

존은 젖은 눈으로 말없이 고양이들이 건네는 이별의 말을 들었다.

"여기 오지 못한 고양이도 분명 자기 잠자리에서 너에 대해 생각하고 있을 거야. 고마워, 존."

구로가 마지막으로 고양이를 대표해서 존에게 감사인사를 했다.

"모두 고마워."

존이 감격한 목소리로 가볍게 답례인사를 했다. 그러고는 앞발로 능숙하게 목걸이를 빼냈다.

"대단해, 존."

초비가 놀란 듯이 말했다.

"이미 오래전에 망가졌거든."

존이 하고 있던 가죽 목걸이는 오래되어 황갈색으로 빛났다.

존이 몸을 부르르 떨더니 달빛 아래로 힘차게 한 걸음 내디뎠다.

"저기 존, 나는 역시 존이 죽을 거라는 생각은 안 들어……"

초비가 존을 쫓아가면서 말했다.

"나는 죽는 게 아니야. 영원이 되는 거야."

"영원이라니?"

구로도 초비와 같은 의문을 품었다.

"여기서 죽으면 구로도 초비도 시노 씨도 내가 죽었다는 걸 알게 되겠지. 하지만 죽음이 발견되지 않으면 진짜로 죽었는지 누구도 알 수 없어."

"그게 영원이야?"

"그래."

존이 집 쪽을 돌아보았다. 딱 한 곳, 불이 들어온 창이 보인다. 그곳에 시노가 있다.

"시노 씨는 내게 맡겨."

구로가 그렇게 말하며 가슴을 폈다.

"부탁해, 구로."

존이 걷기 시작했다.

인기척 없는 밤길을 존과 고양이들이 나란히 걷는다.

여름의 열기가 아직 남아 있어서 습한 공기를 두르는 것 같았다. 그게 고양이들에게는 기분 좋았다. 구로는 존에게 들은 이야기가 생각났다. 고양이의 선조는 오래전 남쪽 나라에서 살았다고. 그래서

163

이런 밤에는 뭐라 할 수 없는 향수가 끓어오르는 거라고.

이윽고 고양이가 한 마리씩 무리에서 떨어져나가 자신의 영역으로 돌아갔다.

마지막까지 존과 함께한 건 구로와 초비였다.

존이 발을 멈추었다.

"마지막까지 함께해준 너희에게 좋은 사실을 알려주지."

"좋은 사실?"

신기하다는 듯이 초비가 물었다.

"언젠가 나는 다시 돌아올 거야."

"정말?"

"그래. 그때 나는 모습이 바뀌었을지도 모르지만, 너희라면 나라는 걸 알 수 있을 거야."

초비는 존이 하는 말을 신묘한 표정으로 들었다.

"내가 돌아왔을 때에는 구로, 초비, 너희 소원을 들어주지."

존이 진지한 얼굴로 말했다.

"……그런 게 가능하다고?"

구로는 의심쩍은 표정이었다.

"그럼 내 소원은…….""

초비의 말을 존이 가로막았다.

"소원을 굳이 말할 필요는 없어. 그저 마음속으로 빌도록 해."

별빛 아래에서 초비는 바로 눈을 감았다.

구로는 바보 같다고 생각했다. 그래도 혹시나 하는 마음과 함께 뇌리에 시노의 모습이 떠올랐다.

시노 할머니가 행복해지면 좋겠다. 존이 떠나면 슬퍼할 테니 그 정도는 빌어주지.

존이 구로와 초비의 얼굴을 번갈아 보며 고개를 끄덕였다.

"그 소망을 잊지 말도록 해. 열심히 빌면 내가 없어도 언젠가 소망은 이루어지겠지."

구로가 초비와 얼굴을 마주 보고 눈을 깜박였다.

'놀린 건가.'

존이 기쁜 듯이 꼬리를 흔들었다.

"얼른 가버려!"

구로가 일갈하자 존은 노견이라고는 생각되지 않는 속도로 힘차게 달려나갔다.

이윽고 멀리서 존의 울음소리가 들렸다.

"죽기는커녕 건강하잖아."

구로가 투덜거렸다.

"저기, 구로."

초비와 함께 돌아오는 길에 초비가 주저하면서 입을 열었다.

"왜."

"구로는 뭘 빌었어?"

"아무것도."

거짓말이다.

"정말로?"

"너, 설마 녀석의 농담을 진심으로 받아들였냐?"

"농담 아니었어. 존은 중요한 걸 말할 때의 표정이었는걸."

"과연 그럴까……."

"내가 바란 건 나의 연인, 그녀가 행복해졌으면 하는 건데……."

초비는 묻지도 않았는데 자신의 소망을 말했다.

"굳이 말로 하지 마."

부끄러운 녀석이라고 생각했다. 하지만 그런 걸 시원시원하게 밝
힌다는 게 부럽기도 했다.

"그럼 또 만나, 구로."

초비가 밤거리를 달려나갔다. 그녀에게 돌아가는 것이리라.

구로는 초비를 배웅하면서 잠시 생각에 잠겼다.

'시노 씨는 내게 맡겨'라니.

분위기에 휩쓸려 그런 말을 했지만, 한번 말한 이상 책임을 져야
한다.

구로는 달빛을 받으면서, 온 길을 천천히 되돌아갔다. 존의 개집
에 들어가서 아침을 기다리기로 했다.

구로는 존의 냄새에 감싸인 채 존의 꿈을 꾸었다.

시노는 소녀 취향의 꿈을 꾸어서 웃음이 터질 것만 같았다.

유성을 타고 별 세계를 여행하는 꿈이었다. 유성은 정말로 별 모양이었다. 입은 옷은 지금과 같지만 몸은 젊었을 적으로 돌아가 있었다. 놀랄 만큼 몸이 가벼웠다.

또 다른 유성을 타고 누군가 왔다.

존이었다. 우주비행사처럼 둥근 헬멧을 썼다.

"어머나, 존."

시노가 불렀다.

"안녕, 시노 씨."

존이 인간의 말로 대답했다. 꿈속이라서 위화감은 없었다.

"소원을 말해주세요. 유성은 소원을 이루어주니까."

존이 윙크하면서 말했다.

"그럼 젊음을 되찾아주면 안 될까."

"충분히 젊잖아요."

확실히 꿈속 자신은 소녀로 돌아가 있었다.

"어머, 듣고 보니 그러네."

"자, 다른 소원을."

시노는 바로 떠오른 소망을 입에 담았다.

"그럼 대신 아침밥 좀 해줄래?"

아침에 일어났을 때 밥상이 차려져 있으면 얼마나 행복할까.

"맡겨두세요."

존이 앞발로 자신의 가슴을 쳤다.

시노는 그 장면에서 잠에서 깼다.

이상한 꿈이어서 아침부터 가슴이 설렜다

혹시 했지만 물론 어디에도 아침은 준비되어 있지 않았다.

"역시나."

잠깐이나마 기대했던 자신이 이상해서 웃고 말았다.

어제 남은 반찬을 이용해서 재빨리 자신과 존의 아침을 준비했다.

먹음직스러운 먹이 냄새에 구로가 눈을 떴다. 밤을 샌 탓인지 아침까지 푹 자고 말았다.

느릿하게 개집에서 몸을 내밀다가 시노와 눈이 마주쳤다.

"어머나."

시노가 눈을 동그랗게 떴다.

"시노 씨, 말하기는 좀 거북한데…… 존은 어제 여행을 떠났어."

구로 나름대로 열심히 설명했다. 통할 리 없지만 시노는 존의 목걸이를 발견하고는 무언가 깨달은 모양이었다.

"이왕 만든 거니 네가 먹고 가렴."

구로는 존의 아침밥을 혼자 차지할 수 있었다. 젊을 적에는 언젠가 존의 먹이를 독점하겠다고 생각했지만, 싸우지 않고 손에 넣은 식사는 왠지 맛이 없었다.

"너, 우리 집 고양이 할래?"

구로는 모처럼의 부탁을 사양하기로 했다.

"나는 길고양이야. 누구의 고양이도 되지 않아."

그것이 구로의 자존심이다.

아침을 모조리 먹어치운 구로는 시노의 집에서 떠났다. 구로에게는 보스 고양이로서 해야 할 일이 많다.

구로는 다음 날도 아침부터 시노를 살피러 가기로 했다.

'나도 참 착한 고양이일세.' 존의 부탁이니 어쩔 수 없다.

시노의 집에 가니 부탁도 하지 않았는데 밥이 준비되어 있었다. 감사히 먹기로 했다. 맛있었다. 물고기 육수와 닭고기의 하모니. 구로 취향의 맛으로 바뀌어 있었다.

열심히 먹어치운 후 한숨 돌리려 얼굴을 드니 정말 멋진 표정을 짓고 있는 시노가 보였다.

그녀가 매일 식사를 만든다면 썩힐 수는 없다. 매일 상태를 보러 오기로 했다.

이윽고 구로는 오가는 게 귀찮아져서 존의 집에서 자기로 했다. 시노는 몇 번인가 구로를 집에 들이려 했지만 구로는 거부했다. 집에 들어가면 더는 길고양이가 아니게 된다. 먹이는 받아먹어도 자는 곳은 존이 쓰던 개집이다.

오래된 집의 툇마루에서 구로와 시노는 나란히 앉아서 이야기를
나누게 되었다.

존이 없어진 후로 둘 모두에게는 이야기 상대가 필요했다.

시노가 살짝 구로의 등을 쓰다듬는다. 지금까지 인간에게 자신의
몸을 허락하지 않았던 구로는 처음에는 펄쩍 뛸 정도로 놀랐지만 몇
번 참아보니 의외로 기분 좋은 일이라는 걸 알게 되었다.

시노는 오래된 집에 혼자서 살고 있었다. 시노의 이야기는 죽은
사람과 이곳에는 없는 사람에 대한 것뿐이었다.

그건 내가 아직 활력이 넘치고 아름다웠을 때의 이야기다.

시아버지가 뇌혈관이 막혀 쓰러져서 간병이 필요해졌다.

세상의 이목 탓에 시어머니는 자택 간병에 집착했고, 남편도 그래
야 한다고 말했다. 그게 얼마나 가혹한 일인지 아무도 모른 데다 큰
돈을 들여 집을 리모델링한 탓에 되돌릴 수도 없었다.

간병은 하는 쪽과 받는 쪽 모두에게 부담이 된다.

회사에서 다른 사람에게 지시를 내리는 입장이던, 자존심 강한 시
아버지는 마지막 순간까지도 자신의 처지를 받아들이지 못했다. 그

렇게 훌륭하던 인물이 약간의 스트레스에도 버럭 화를 내게 되었다. '부르면 바로 달려와라'부터 시작해서 식기를 내고 치우는 일에도 일일이 잔소리하고 화내고 폭력을 휘두르는 등 피해망상에 사로잡혔다.

시어머니는 용케 그걸 버텼다. 나는 제약회사 영업직을 그만두고 시어머니를 돕기로 했다.

당시 상사는 요양원 같은 간병시설 이용을 권하며 회사에 남으라고 했지만 남편이 용납하지 않았다.

회사에서의 마지막 날.

"자신에게 쓸 몫의 인생 정도는 남겨두게."

상사가 그렇게 말해주었다. 그 말의 의미를 알게 된 건 한참 뒤의 일이다.

시아버지 간병은 예상보다 오랜 시간 계속되었다.

시아버지가 돌아가셨을 때 시어머니는 합장하며 "고맙수"라고 말했다.

그 직후 시어머니에게 치매 증상이 나타났다.

당시 남편은 더는 이 집에 오려고 하지 않았기 때문에 혼자 간병했다. 시어머니는 시아버지와 똑같은 행동을 보이게 되었다. 그렇게나 증오하던 시아버지의 횡포와 같은 짓을 했다. 나는 그녀의 스트레스를 혼자 받아들일 수밖에 없었지만, 포기하지 않고 간병을 계속했다.

그때는 어느덧 회사로 복귀할 수 없는 나이였고, 다른 여자와 살림을 차린 남편에 대한 고집도 있었다.

시어머니는 어떤 스트레스도 받아들일 수 없게 되어 소리 지르고 난동을 부리다가 마지막에는 자신이 누군지도 모르게 된 채 죽었다.

남은 것은 배리어프리로 리모델링한 이 집과 지쳐버린 나 자신뿐.

남편과의 사이에 아이는 생기지 않았다. 아이가 있다면 다시 변할 수 있었을지도 모른다. 남편은 복지 관련 일을 한다. 자택에서 벌어지던 간병의 최전선에 대한 건 무엇 하나 모른 채 전국을 돌아다니며 간병과 노인 의료에 관해 강연을 한다.

"남편이 나가고⋯⋯ 텅 빈 집에 나 혼자 남게 된 거야."

쓸쓸한 듯이 시노가 웃었다.

"흠."

구로는 알 수 없는 세상의 이야기였다.

"이따금 생각해. 내 인생은 뭐였나⋯⋯."

시노가 구로의 턱밑을 간질였다.

"너는 좋겠구나. 자유라서."

구로는 자유롭게 살아왔다. 그러니까 자유에는 대가가 따른다는 사실도 잘 안다.

"자는 곳도, 따뜻한 난방도, 밥도 있잖아. 난 당신이 텅 비었다는 사실이 이해가 안 돼."

그렇게 말하니 시노가 눈을 가늘게 뜨며 기뻐했다.

"존은 사라졌지만…… 네가 와주어서 다행이야."

이 여자도 참 응석이 심하군. 구로가 자리에서 일어섰다.

내가 삶의 방법을 가르쳐줘야겠어.

"따라 와."

구로는 시노를 데리고 산책을 나섰다.

고양이의 삶의 방식은 길에서 배우는 법이다. 시노는 나이를 먹었지만 무언가를 시작하기에 그리 늦었다고는 할 수 없다.

예의 모르는 새끼 고양이를 가르치는 것처럼 구로는 인내심 강하게 고양이의 삶의 방식을 시노에게 가르쳤다.

먼저 마실 물 확보부터. 마셔도 좋은 물과 마시면 안 되는 물. 웅덩이의 물은 오염되었기 때문에 마시면 배탈이 난다. 공원 분수의 물은 언뜻 보기엔 깨끗하지만 같은 물을 순환시키는 것이므로 역시 마시면 안 된다. 식수대 물은 안심이다. 수도꼭지에서 떨어지는 물방울을 핥아서 갈증을 푼다.

다음으로 사냥법을 가르치기로 했다. 사냥감을 잡을 줄 알면 어디서든 살아갈 수 있다. 게다가 상쾌해지기까지 한다. 인생에 의욕이 생길 터다.

"시노, 여기서 기다려."

구로는 시노 앞에서 수풀을 헤집고 들어가 메뚜기를 잡아 돌아왔다. 먼저 이 정도 사냥감부터 시작하는 게 좋으리라.

시노 앞에 메뚜기를 툭 떨군다.

"어머, 잘 잡는구나."

시노는 기껏 잡아온 메뚜기를 날려 보냈다.

"건방진 여자로군. 배울 생각이 있는 거야!"

구로가 설교해봐도 "참 잘하는구나" 하며 등을 쓰다듬기에 될 대로 되라 하는 마음이 든다.

뭐, 괜찮다. 조금씩 익숙해지면 된다.

구로와 시노의 아침 산책이 일과가 된 어느 날.

맡아본 적 있는 냄새가 나는 여자를 발견했다.

"안녕, 아오이."

시노가 그 여자를 아오이라고 불렀다.

"아, 안녕하세요."

쿠키의 주인, 미아가 된 쿠키를 데리러 온 여자다. 아오이는 전에 보았을 때와는 달리 차림새가 말쑥했다. 혈색도 좋아져서 미인으로 보였다.

"일하러 가는 길?"

"네, 오늘부터예요."

"어머나, 힘내렴."

"네. 그 고양이…… 기르시는 거예요? 이따금 우리 집에 오는 고양이와 똑같은데."

"그 고양이일지도 몰라. 지금은 우리 집 식객이야."

"식객이란 말씀이죠. 잘됐구나, 너."

아오이는 그렇게 말하고 구로 앞에 웅크리고 앉아서 손바닥을 보였다.

신경이 쓰인 구로는 무심코 냄새를 맡았지만, 그건 함정이었다. 아오이에게 붙잡힌 구로는 순식간에 눕혀져 배를 보이고 말았다. 아오이가 배를 쓰다듬었다. 구로는 몸을 비틀어 도망치려 했지만 너무나도 기분이 좋아서 이윽고 저항을 포기했다.

이 녀석, 고양이를 정말 잘 다루는군……. 기분 좋아.

"쿠키는 잘 있냐?"

구로가 물었지만 아오이에게는 냐아냐아 하는 소리로밖에 들리지 않는다.

"저희도 고양이 길러요. 아직 새끼인데…… 요전에 멋대로 가출해서 엄마 고양이를 만나러 갔더라고요."

"어머나, 똑똑한 아이구나."

"아니, 내가 길 안내를 해준 건데."

구로의 말은 당연히 인간에게 통하지 않는다.

'아무렴 어때.'

아오이를 배웅한 시노와 구로는 집으로 돌아오기로 했다. 구로는 조금 더 영역을 돌아보고 싶었지만 시노가 이미 지친 모양이다.

집으로 돌아오니 정원 쪽에서 누군가의 기척이 느껴졌다.

"설마…… 존인가? 녀석이 돌아왔나?"

구로가 힘차게 달렸다. 개집 안을 들여다보았지만 존은 없다.

누군가 툇마루에 누워 있었다. 존이 아니라 젊은 인간 남자다. 양복을 입고 지친 모습에 옆에는 편의점 비닐 봉투가 놓여 있다. 얼굴은 창백했다.

　모르는 남자지만 구로는 위기감이 느껴지지 않았다. 이 남자에게서 시노와 비슷한 냄새가 났기 때문이다.

　"혹시 료타니……?"

　시노가 놀라서 묻자 누워 있던 사내가 눈을 떴다.

　"고모, 오랜만이에요."

　누운 채 실눈을 뜨고 대답한다.

　"오랜만이구나. 웬일이야."

　"고모, 부탁이에요. 전화가 와도 저 없다고 해주세요. 그리고 아버지에게도 절대 말하시면 안 돼요."

　료타가 긴박한 어투로 시노에게 부탁했다.

　"뭔가 사정이 있나 보구나. 알았어."

　시노는 갑작스러운 손님을 흔쾌히 받아들였다.

3

나는 야망이 있었던 것도 분수에 넘치는 걸 바란 것도 아니었다. 그저 평범하게 살고 싶었을 뿐이다.

특별한 재능이 없는 대신 특별히 큰 짐도 짊어지지 않았다. 성적은 그리 좋지 않았지만 낙제를 걱정할 정도도 아니었다. 표창을 받는다거나 모두에게 칭찬받을 만한 선행을 한 일은 없지만 나쁜 짓을 해서 부모에게 맞은 적도 없었다.

중고등학교 때는 육상부에 들어가 몇 번쯤 선수로 뽑혔지만 지역 대회를 돌파할 정도의 성적을 남긴 적은 없었다. 입원할 정도의 병이나 부상을 입은 적도 없고, 부모님이 이혼했다든가 빚을 졌다든가 친구가 자살했다든가 하는 경험도 전혀 없었다.

당연하다는 듯 살았고, 주위 사람들과 마찬가지로 시험을 쳐서 지역 대학에 입학했다. 평범한 매일을 보내다가 취업을 앞두게 되었는데 갈 수 있는 곳이 전혀 없었다. 이 사회에는 내가 필요하지 않다는 사실을 처음으로 깨달았다.

도대체 뭐가 잘못되었는지 모르겠다. 주위 사람들과 마찬가지로 살아왔을 뿐인데.

올라가던 사다리가 중간에 끊겨 어중간하게 공중에 매달린 듯한 느낌이다.

내가 당연한 삶이라고 생각했던 건 간신히라도 해내는 녀석이나 엄청난 능력이 있는 녀석에게만 허락된 것이었다.

다른 사람과 같은 걸 한다면 한 사람 몫을 할 수 있을 거라는 생각이 잘못이었을까. 세대가 어쨌다느니, 경기가 어떻다느니, 청년이라면 일을 가리지 말라느니, 여러 사람이 이런저런 말을 했다. 세상이 나쁘다고 치부하면 마음은 편해지지만 문제는 무엇 하나 해결되지 않는다.

어찌할 바를 모르고 있는데 부모님이 가을쯤에 회사 한 곳을 알선해주었다. 부모님에게 연줄이 있을 거라고는 생각 못 해서 놀랐지만 감사히 여기며 입사했다.

IT 계열 회사였다. 프로그램이나 컴퓨터에 대해 잘 몰랐지만 뭐든 할 생각이었다.

하지만 신입 연수에서 맨 처음에 한 일은 프로그래밍이나 컴퓨터 사용법 교육이 아니라 이유도 없이 커다란 구덩이를 파는 것이었다.

다른 입사자들과 힘을 합쳐 내 키보다도 깊게 구덩이를 파야 했다. 엄청난 질타 속에 계속해서 구덩이를 팠다. 손바닥에 물집이 잡혔다가 터질 때까지 계속 파니 간신히 커다란 구덩이가 완성되었다.

상사에게서 잘했다는 칭찬을 받고 우리는 지친 몸으로 서로 부둥켜안고 눈물을 흘렸다. 지금까지 느껴본 적 없는 성취감. 이 회사에서 인정받았다고 생각했다. 지금 생각하면 그게 바로 녀석들의 상투적 수단이었다.

그 후 나는 일에 전념했다. 최소한의 연수 후에 배치된 프로젝트는 처음부터 파탄 상태였다. 구덩이를 팔 때보다 더 지친 상태로 일을 계속했다.

기술보다 정신력이 필요한 회사였다. 목소리가 크면 별다른 기술이 없어도 어떻게든 되었다.

집에 돌아가지 못한 채 거래처 근처 호텔에 묵은 지 수개월. 호텔에조차 돌아갈 수 없던 그날.

파견된 회사에서 평소처럼 탕비실에 놓인 컵라면을 먹으려는데 컵라면을 어떻게 해 먹는 건지 알 수 없었다.

말도 안 되는 소리지만, 수프나 고명이 잔뜩 든 봉지를 어떤 순서로 개봉해서 어떻게 넣으면 좋을지 알 수 없었다. 아무리 설명문을 읽어도 이해가 되지 않았다.

갑자기 등골이 오싹해졌다.

나는 망가졌다. 어슴푸레한 탕비실의 전기포트 옆에 컵라면을 놓고 다른 사람 눈에 띄지 않도록 비상계단을 통해 밖으로 나왔다.

손목시계는 6시를 가리켰지만, 계속 컴퓨터 모니터만 보았던 탓에 주위가 이상할 만큼 노랗게 보였다. 오피스 거리에 오가는 사람도 적어서 마치 다른 세상에 빨려 들어간 것 같았다.

역에 도착하고서야 오후 6시가 아니라 오전 6시라는 사실을 깨달았다.

바로 눈에 띈 전철을 타고 빈 좌석에 앉아 계속 잠을 잤다. 휴대전화는 어디선가 잃어버렸다. 무의식중에 버린 걸지도 모른다.

사람이 한꺼번에 타는 바람에 눈이 떠졌다. 여기서 갈아타면 고모집에 갈 수 있다는 사실을 알아차렸다.

벌써 몇 년이나 만나지 못했지만 고모는 날 무척 귀여워해주셨다. 그저 만나고 싶었다. 나를 인정해주는 사람을.

료타는 아침도 점심도 계속 잠만 잤다.

고양이 같은 녀석이라고 구로는 생각했다.

"내 조카란다."

시노는 료타를 그렇게 소개했다. 시노의 오빠인 다스케의 아들인 모양이다.

시노는 이날부터 두 명(과 구로) 몫의 아침을 만들면서 금방이라도 나가려는 료타를 계속 말렸다.

"아버지 연줄로 들어간 회사라서 아버지 체면까지 박살낸 거나 마찬가지예요. 집에는 돌아갈 수 없어요."

료타는 중얼중얼 자기에게 일어난 일을 이야기했다. 시노는 지독한 회사라며 분개했다. 료타의 이야기는 구로가 이해할 수 있는 범주를 뛰어넘었지만, 적어도 위험한 장소에서 도망친 모양이라는 사실만은 알았다.

"마음 내킬 때까지 여기 있으렴."

료타는 천천히 회복했다. 시노는 기뻐했지만 구로는 성가셨다.

'쯧쯧쯧. 회복이 필요하다는 건 돌봐야 하는 상대가 늘어난다는 뜻이로군.'

구로는 료타가 눈앞에서 무례하게 흔들어대는 끈 같은 물건을 가차 없이 낚아챔으로써 누가 선배인지 가르쳐주었다.

시노는 천성적으로 남을 돌보는 걸 좋아하는 모양인지 전보다 건강해진 느낌이 들었다.

여름 한철을 보낸 료타는 산책을 하거나 집안일을 도울 정도로는 회복했다.

"너는 자유로워서 좋겠다."

훌쩍 와서 먹이를 먹는 구로를 보며 료타가 눈을 가늘게 떴다.

"너희 인간이 더 자유롭지 않나?"

인간은 고양이와 달리 뭐든 먹을 수 있고 어디든 갈 수 있다.

료타가 만지려 할 때마다 구로는 펀치를 먹였다. 그런데 료타는 질리지 않는 모양이었다. 매번 구로를 잡아 털을 쓰다듬으려 했다.

구로가 평소처럼 료타 품에서 도망치는데 초비가 오는 모습이 보였다.

"사람이 쓰다듬으면 기분 좋은데."

초비가 그렇게 말했다.

"그럼 네가 대신 받아."

하지만 초비는 결코 주인 이외의 사람에게는 몸을 만지게 하지 않는다.

"참 성실한 인간이구나."

초비는 료타를 그렇게 평했다.

그날, 시노의 부탁으로 료타는 정원 잡초를 뽑았다. 여기저기 뽑힌 풀이 산더미처럼 쌓였다.

"아무리 한심한 녀석도 장점 하나쯤 있다는 거지."

구로와 초비는 나란히 료타를 바라보았다.

"너무 성실한 사람은 다른 사람 탓을 할 수 없기 때문에 자기를 책망하다 괴로워하거든."

초비는 겁쟁이 고양이지만 인간에 대해서는 잘 안다. 구로는 그렇게 생각했다.

"고생이 많군."

구로는 그렇게 말하다 문득 생각난 것을 물었다.

"네 주인도 그래?"

"응. 많이 닮았어."

초비가 약간 쓸쓸한 듯이 말했다.

시노는 다른 사람에게 무언가 가르치는 일이 의외로 즐겁다는 걸 알게 되었다.

지금까지 누굴 가르칠 기회는 없었고 누가 부탁한 적도 없었다.

집안일이라고는 하나 료타가 성장하는 모습을 보는 건 즐거웠다.

아들이 있다면 이런 느낌이었을지도 모른다. 그런 생각을 하니 의욕이 샘솟는다.

료타는 집안일에 대해 아무것도 몰랐다. 밥 짓는 법, 유리창 닦는 법 등을 시노는 끈기 있게 가르쳤다.

료타는 가르치는 보람이 있는 학생이었다.

세 달이 지나니 서로 편하게 말을 나누게 되었다.

누군가와 함께 식탁에 둘러앉아 하루 동안 있었던 일을 편하게 이야기한다는 게 이렇게나 즐거운 일이라는 사실을 시노는 오랫동안 잊고 살았다.

그리고 두려워하던 날이 왔다.

아침 일찍 현관 차임벨이 울렸다. 폭력적으로 몇 번이나 계속 울려댔다.

"료타! 여기 있는 거 알고 왔다."

시노의 오빠, 다스케의 목소리였다.

"아버지다……."

아침 준비를 하던 료타의 손이 멈췄다. 안색이 창백해졌다.

"괜찮아."

시노가 숨을 크게 들이쉬고는 가스레인지의 불을 껐다. 부엌에 들어와서 아침을 기다리던 구로가 느릿느릿 일어난다. 시노는 구로와 마주 보았다.

"한번 날뛰어볼까."

구로의 얼굴이 그렇게 말하는 듯했다.

전쟁 시작이다.

현관문 너머로 여러 명의 그림자가 비쳤다.

다 큰 어른이 머릿수로 협박하다니.

몇 년 만에 시노의 몸 안에서 뜨거운 것이 치밀어 올랐다. 남편이 나갔을 때에도 느낀 적 없는 감정. 시노는 분노했다. 시노의 분노가 전염된 듯이 구로도 꼬리를 곤추세웠다.

그래 구로, 이건 영역을 지키기 위한 싸움이야.

"료타! 당장 나와."

다스케가 세차게 문을 두드린다. 시노는 그 소리에 주눅 들지도 않고 문을 열었다. 검은 양복 무리를 데리고 온 다스케가 문 앞에 서 있었다.

"다스케 오빠. 오랜만이네."

시노의 목소리는 조용하고 침착했다.

"시노. 료타는 어디 있지?"

"그냥 돌아가."

시노의 거절을 들은 순간 다스케가 돌변했다.

"닥치고 아들이나 내놔."

"예의를 모르는 건 예전하고 똑같네."

"아버지, 그만둬요!"

료타가 나왔다.

네가 나오면 모든 게 수포로 돌아가잖니…….

오랜만에 아들의 얼굴을 본 다스케가 우쭐해졌다.

"료타, 감히 내 얼굴에 먹칠을 했겠다."

"으…….."

기세 좋게 뛰쳐나오기는 했지만 료타는 아버지를 보고 의기소침 해졌다.

"오빠의 체면과 아들의 목숨, 어느 쪽이 중요해?"

시노의 목소리는 여전히 침착했다.

"무슨 말도 안 되는 소리야!"

다스케는 짜증을 숨기려고도 하지 않았다.

"뭐가 말이 안 된다는 거야?"

후우. 시노가 한숨을 내쉬고 오빠의 눈을 똑바로 바라보았다.

"그만 돌아가."

확실히 선언하니 다스케의 눈에 곤혹스러운 빛이 떠올랐다. 시노가 결혼해 집을 떠나고 오랜 시간이 지났다. 시노는 다스케가 아는 약하고 우유부단한 여동생이 아니다.

다스케가 데려온 사내가 시노의 팔을 붙잡았다.

하악!

땅 속에서 울리는 듯한 소리가 대기를 진동시켰다. 구로의 위협. 날카로운 기백을 담은 야성의 울부짖음이다.

다스케와 검은 양복 사내들이 움찔 놀라 뒤로 물러섰다.

"웃기지도 않네."

시노가 사내의 손을 뿌리치며 말했다.

"남정네들이 줄지어 몰려와서는 고양이 한 마리에게 겁이나 집어 먹다니."

다스케의 얼굴에 낭패라는 기색이 역력했다.

"……내 아들을 어쩔 생각이야."

"어쩌고 자시고 할 게 뭐 있어. 기다릴 뿐이지."

시노가 다스케와 서로 노려보았다. 시선을 먼저 돌린 건 다스케 쪽이었다.

"또 오겠어."

"다음에는 신고할 거야."

떠나는 다스케의 등에 대고 시노가 말했다.

다스케와 사내들이 떠나자 료타가 시노에게 고개를 숙였다.

"고모…… 고마워요……."

거의 우는 목소리였다.

그런 료타에게 구로가 강편치를 날렸다.

정신 차려. 구로가 그렇게 말하는 듯했다.

"자, 아침 먹자."

시노가 가능한 한 밝은 목소리로 말했다. 그리고 주먹을 천천히
풀었다. 시노는 손이 창백해질 정도로 주먹을 불끈 쥐고 있었다.

4

계절은 흘러 겨울이 되었다.

구로는 평소보다 일찍 눈을 떴다.

자고 있는 시노의 배를 밟고 지나가 화장실로 향했다.

으으음 하며 시노가 신음했다.

아침이 밝기 전의 미명은 사냥에 최적이지만, 날씨가 이렇게 추워서는 그럴 마음이 들지 않는다.

고양이 화장실이 있는 세면실은 추워도 바깥에 비하면 감지덕지다. 구로는 그렇게 생각하다 고개를 저었다.

안 되지 안 돼. 이래서는 집고양이 같잖아. 이불 속에서 자는 건 겨울뿐이다…….

구로는 겨울 추위가 계속되는 동안 시노의 집에 신세지고 있었다. 시노는 식객 둘과 함께 이래저래 분주하게 생활했다.

시노가 씻기고 싶어해서 구로는 처음에 열심히 도망 다녔다. 그런데 비겁하게 자고 있을 때 습격하는 바람에 욕탕에 몇 번 끌려가다 보니 어느새 기분 좋은 습관이 되었다. 인간이 독점하게 두기는 아까웠다.

볼일을 보고 화장실용 흰 모래를 뒷발로 찬다. 이 화장실이라는 게 또 의외로 쾌적하다.

부엌에서 빛이 새어나오고 있었다. 최근에는 료타가 아침을 준비한다. 처음에는 짜고 맛이 없었지만 이제 나름 먹을 만하게 되었다.

시노는 아침 일찍 일어나야 하는 고충에서 해방되다니 이보다 기쁜 일은 없다고 말했다.

잠자리로 돌아가려 할 때 문득 그리운 기척이 느껴졌다.

이 기척은 분명 기억이 있다.

"존."

그리운 이름이 입에서 튀어나왔다. 박정하게도 최근에는 거의 떠올리는 일이 없었다.

"존!"

구로가 큰 소리로 울었다.

구로는 고양이 전용문을 통해 밖으로 나왔다. 구로는 살을 에는 듯한 겨울 아침 추위에도 아랑곳하지 않고 밖을 달렸다.

구름이 낮다. 구름 아래서 하늘하늘 하얀 결정이 떨어진다.

눈이다.

그러고 보니 존은 눈을 좋아했다.

"존! 거기 있어?"

존을 부르면서 빙글빙글 정원을 돈다.

"왜 그래, 구로. 춥잖아."

두꺼운 옷을 입은 료타가 부엌에서 나왔다.

"이것 봐, 료타."

구로가 하늘을 올려다보았다.

"오, 눈이구나."

료타도 올려다본다.

"이런 날은 그 녀석이 돌아올지도 몰라."

구로가 달렸다.

"야, 어디 가. 밥도 안 먹었잖아."

구로는 아침의 차가운 공기 속을 힘껏 달렸다. 커다란 눈송이가 내리기 시작했다.

"구로, 기다려!"

타박타박하는 발소리가 들려 료타가 쫓아오고 있음을 알았다.

"따라와, 료타. 소원이 이루어질지도 몰라."

구로는 영역에 대한 것도 잊은 채 힘껏 달렸다. 언덕길을 달려가서 가드레일을 타고 담벼락으로 뛰어오른다. 담벼락에서 자동판매

기로, 다시 다른 담벼락으로. 위로, 높은 곳으로. 영역도 무엇도 상관
없다.

존이 부르는 듯한 기분이 들었다.

세찬 바람이 눈을 실어왔다.

구로는 네 다리로 아스팔트를 박차며 달렸다.

"존!"

존의 이름을 부르는 고양이가 언덕길을 달려 올라왔다. 초비다.

"초비!"

초비와 구로는 나란히 달렸다. 아침 전철이 움직인다. 고가도로에
서 커다란 주행음이 들린다.

그 소리에 기운을 얻은 초비와 구로는 나란히 달렸다. 언덕 위를
목표로.

미미가 사는 목조 연립이 보였다. 미미와 레이나의 방에 불이 켜
져 있다. 레이나가 밤새 그림을 그리는 걸지도 모른다.

눈을 쫓아 달린다. 내리막길이 되었다. 신사를 가로지르고 주택
단지 거리를 달린다. 앞으로, 앞으로.

쿠키와 아오이의 집 앞을 지났다. 우체통이 새것으로 바뀌었다.
마블쿠키 모양의 고양이 그림이 그려져 있다. 쿠키인 것 같다.

"쿠키 그림이다!"

초비가 외쳤다. 말하지 않아도 안다.

구로와 초비는 달렸다. 존의 기척이 점차 가까워진다. 언덕 앞 계

단이 보인다.

"이걸 올라갈 건 아니지?"

뒤쪽에서 료타의 한심한 목소리가 들린다.

"존!"

구로가 외쳤다.

"바로 저기야!"

초비도 느꼈다. 열심히 계단을 타고 올라가 이윽고 거리에서 가장 높은 곳에 도달했다. 언덕 위 작은 공원의 벤치.

눈송이는 점점 굵어졌고 수도 늘었다.

멀리 전철이 지나가는 게 보인다.

"이건 꽤 쌓이겠군……."

"그러게."

초비와 구로는 잠시 나란히 전철을 바라보았다. 시선 아래에는 곧 잠에서 깨어나려는 마을이 펼쳐져 있다. 마을이 고동하기 시작한다.

어깨를 들썩이며 료타가 따라왔다.

"구로…… 아침부터 대체 어딜 가는 거야."

숨이 찬 모양이다. 젊은 녀석이 한심하기는.

초비가 료타와 반대 방향을 보았다. 여자의 발소리가 들린다.

"초비!"

커다란 코트를 입은 단발 여자가 나타났다. 두꺼운 옷에 둘러싸인 모습이 커다란 고양이 같다고 구로는 생각했다.

"내 연인이야."

자랑스러운 듯이 초비가 말했다.

그녀는 료타를 보고 놀란 듯했다. 설마 자기 외에 다른 사람이 있
으리라고는 생각하지 않았을 것이다.

"아, 저는 이 녀석 주인……."

료타 또한 당황했는지 말도 안 되는 소리를 한다.

"내 주인은 시노고, 난 그녀의 고양이다. 네 고양이가 아니야."

구로가 불평했지만 료타는 들으려 하지 않았다. 초비 주인에게 온
통 눈길을 빼앗긴 모양이다.

그녀가 초비에게 손을 내밀었다. 초비는 익숙한 몸놀림으로 그녀
품으로 뛰어들었다.

"초비가 갑자기 뛰어나가서 깜짝 놀랐어요."

"그게, 저희도 구로가…… 아하하."

료타가 실없이 웃었다.

두 사람이 마주 본다.

"첫눈이군요."

여자가 그렇게 말하자 료타가 기쁜 듯이 대답했다.

어느 순간 존의 기척은 사라지고 없었다.

구로가 부르르 몸을 떨었다.

"구로, 내 소망은 이루어졌는지도 몰라."

"뭐라고?"

초비가 올려다본 그녀의 얼굴은 빛나 보였다.

그 표정은 어딘지 모르게 최근의 시노를 떠올리게 했다.

구로도 그제야 알아차렸다.

그렇구나. 내 소망은 이미 오래전에 이루어졌어.

동시에 구로는 더는 존을 만나지 못할 거라는 사실도 깨달았다.

"고맙다, 친구."

구로가 눈구름을 향해 중얼거렸다.

에필로그

기나긴 겨울이 끝나고 벚꽃 피는 계절이 돌아왔다.

나는 이동장에 든 초비를 안고 강변의 벚꽃 길을 걸었다. 옅은 분홍빛의 꽃잎이 바람에 흔들렸다.

바람에 날리는 꽃잎이 평소에는 눈에 보이지 않는 대기의 움직임을 가르쳐주었다.

"사람의 마음은 눈에 보이지 않으니 어쩔 수 없지."

내 옆을 걷던 사람이 그렇게 말해준 적이 있다. 그 한마디로 나는 상당히 편해졌다.

지금까지는 다른 사람의 마음을 모르는 건 나쁘다고만 생각했다. 나는 모두에게 보이는 걸 보지 못하는 탓에 주위에 상처를 준다고.

내 진짜 마음 역시 알 수 없었다. 알았는데 모르는 척한 건지도 모른다고 생각했다.

그걸 가르쳐준 사람이 있다.

초비 덕분에 그 사람을 만날 수 있었다.

맞바람이 벚꽃 잎을 내게로 날려왔다.

"예쁘지, 초비."

이동장 안의 초비에게 말을 걸자 초비가 야옹 울었다.

눈 속의 아침 공원에서 처음 만난 그 사람과는 이따금 만나서 이 야기를 나누게 되었다.

천천히 서로에 대해 알아가면 좋겠다고 생각한다.

비 내리던 그날, 난 거만하게도 초비를 구해준 거라고 생각했다.

하지만 구원받은 건 나였다.

"미미, 이리 내려와."

책장 위에서 위협하는 미미에게 마사토가 말했다.

다리의 상처도 좋아져서 이제 어디든 뛰어다닐 수 있게 되었다.

"놀지 말고 빨리 짐이나 싸."

나는 식기를 신문지로 감싸며 말했다.

"저기, 레이나. 일단은 내가 선배인데……."

마사토는 그렇게 말하면서도 잡지를 끈으로 묶기 시작했다.

나는 간신히 입시의 벽을 통과해서 마사토와 같은 미대에 일 년 늦게 입학했다.

본가에서 통학하게 되어서 이 연립과는 이별이다.

"우아, 이런 만화도 보는구나. 의외네."

네 컷 만화 잡지를 묶으면서 마사토가 말했다.

"친구가 그리는 거라서."

"친구가 프로 만화가? 굉장한걸!"

쿠키의 주인인 아오이 언니는 회사에 다니면서 고양이 네 컷 만화 연재도 시작했다. 쿠키와 함께 미미 병문안을 온 뒤로 언니와 상당히 친해졌다. 이따금 쿠키를 데리고 놀러오기도 한다. 쿠키도 한 살이 지나서 이제는 어엿한 숙녀다.

열어둔 창문으로 바람을 타고 둥실 벚꽃 잎이 들어왔다.

왠지 감상적이 된다.

이제 나도 새로운 세상으로 뛰어드는 거다.

그녀의 집에서 그녀와 나란히 짙은 군청색 하늘을 바라본다.

울부짖는 듯한 바람에 밀려 옅은 구름이 빠르게 흘러간다.

그녀의 가는 손끝이 내 털에 닿는다.

"저기, 초비."

그녀가 말했다.

"왜애?"

나는 그렇게 대답한다.

그녀는 아무 말도 하지 않았지만 내게는 그녀의 마음이 전해진다.

나도 그녀와 같은 마음이다.

이 세상이 좋다.

나는 확실히 그렇게 생각한다.

그녀가 웃음을 터뜨린다. 나는 그녀의 눈부신 미소를 올려다본다.

내가 생각한 건 그녀에게도 전해진다.

그녀도 아마 이 세상이 좋은 모양이다.

옮긴이 **문승준**

대학에서 일본문학을 전공한 후, 잡지사 기자를 거쳐 출판 편집 및 기획자로 일했다.
추리, 스릴러, 판타지, SF, 연애소설 등 세계 각국의 다양한 소설을 국내에 소개했다. 현
재는 일본어 전문 번역가로 활동하며 히가시노 게이고의《도키오(근간)》, 아리카와 히로
의《스토리셀러》, 기타쿠니 고지의《고양이가 있는 카페의 명언탐정》, 구리하라 유이치
로의《무라카미 하루키의 100곡》, 시미즈 기요시의《살인범은 그곳에 있다》등을 우리
말로 옮겼다.

그녀와 그녀의 고양이 블랙&화이트 082

1판 1쇄 인쇄 2019년 5월 15일 **1판 1쇄 발행** 2019년 5월 27일
지은이 신카이 마코토, 나가카와 나루키 **옮긴이** 문승준
펴낸이 고세규
편집 박정선 **디자인** 박주희

발행처 김영사
주소 경기도 파주시 문발로 197(문발동) 우편번호10881
등록 1979년 5월 17일(제406-2003-036호)
주문 및 문의 전화 031)955-3200 **팩스** 031)955-3111
편집부 전화 02)3668-3291 **팩스** 02)745-4827 **전자우편** literature@gimmyoung.com
비채 카페 cafe.naver.com/vichebooks **인스타그램** @drviche **카카오톡** @비채책
트위터 @vichebook **페이스북** www.facebook.com/vichebook
ISBN 978-89-349-8458-0 03830 책값은 뒤표지에 있습니다.

비채는 김영사의 문학 브랜드입니다.
이 도서의 국립중앙도서관 출판시도서목록(CIP)은 서지정보유통지원시스템 홈페이지(http://seoji.
nl.go.kr)와 국가자료공동목록시스템(http://www.nl.go.kr/kolisnet)에서 이용하실 수 있습니다.
(CIP제어번호: CIP2019018086)